Mitologia Giapponese

Un viaggio tra miti, spiriti e mostri giapponesi

Aiko Mori

Il presente documento si prefigge di fornire informazioni precise e affidabili in merito all'argomento e alla questione trattata. La pubblicazione viene venduta con l'idea che l'editore non è tenuto a fornire servizi contabili, ufficialmente permessi, o comunque qualificati. Se è necessaria una consulenza, legale o professionale, è necessario rivolgersi ad una persona qualificata.

- Dalla Dichiarazione di principi che è stata accettata e approvata in egual misura dal Comitato dell'American Bar Association e dal Comitato di Editori e Associazioni.

Le informazioni qui fornite sono dichiarate veritiere e coerenti, in quanto ogni responsabilità, in termini di disattenzione o altro, per l'uso o l'abuso di qualsiasi politica, processo, o istruzioni contenute nel presente documento è di esclusiva e totale responsabilità del lettore destinatario. In nessun caso sarà ritenuta alcuna responsabilità legale o colpa nei confronti dell'editore per qualsiasi risarcimento, danno o perdita monetaria dovuta alle informazioni qui contenute, direttamente o indirettamente.

I rispettabili autori possiedono tutti i diritti d'autore non detenuti dall'editore.

Le informazioni qui contenute sono offerte esclusivamente a scopo informativo e sono universali. La presentazione delle informazioni è senza contratto o garanzia di alcun tipo.

SOMMARIO

MITOLOGIA GIAPPONESE UN VIAGGIO TRA MITI, SPIRITI E MOSTRI GIAPPONESI 6

PARTE PRIMA- INTRODUZIONE ALLA MITOLOGIA GIAPPONESE: DAL MITO DELLA CREAZIONE ALLA NASCITA DELL'IMPERO 6

INTRODUZIONE ALLA MITOLOGIA GIAPPONESE...................................6

IL MITO DELLA CREAZIONE 11

L'OSCURA TERRA DEI MORTI E LA NASCITA DELLA MORTE 15

LA NASCITA DEL SOLE, DELLA LUNA E DEL VENTO............................18

AMATERASU LA DEA DEL SOLE 20

TSUKUYOMI IL DIO DELLA NOTTE E DELLA LUNA 24

SUSANO-O IL DIO DEL VENTO E DELLA TEMPESTA 26

NINIGI-NO-MIKOTO E LA PRINCIPESSA DEI FIORI 30

HODERI E HOORI 33

IL LEGGENDARIO IMPERATORE JIMMU TENNO................................37

PARTE SECONDA: LA RELIGIONE, LE DIVINITA' E I DEMONI NELLA CULTURA E NELLA MITOLOGIA GIAPPONESE.................................44

SHINTOISMO E BUDDISMO 44

I KAMI 46

JIZO PROTETTORE DEI VIAGGIATORI E DEI BAMBINI 49

RAIJIN E FUJIN 52

AGYO E UNGYO 54

INARI 56

KANNON...58

BENZAITEN 60

GLI YOKAI 63

YUKI-ONNA LA DONNA DELLE NEVI 66

LA KITSUNE O VOLPE A NOVE CODE 70

I BAKENEKO...77

JOROGUMO 80

I KAMAITACHI 83

MUJINA 86

TANUKI..89

NURE ONNA 92

I TENGU 95

GLI ONI 99

I KAPPA...101

STORIE LEGATE AGLI DÈI E AI DEMONI **107**

LA STORIA DI KATCHI-KATCHI-YAMA 107

LA STORIA DI TAMAMO NO MAE 112

LA STORIA DELLA TEIERA FORTUNATA 118

LA STORIA DELLA RAGNATELA DELLE CASCATE 121

PARTE TERZA: STORIE DI EROI ED EROINE LEGGENDARI **123**

LA STORIA DI MOMOTARO, IL RAGAZZO NATO DA UNA PESCA 124

LA STORIA DI ISSUN-BOSHI, IL RAGAZZO ALTO UN POLLICE 129

LA STORIA DI KINTARO...132

LA STORIA DI FUJIWARA NO HIDESATO 138

LA STORIA DI YAMATO TAKERU 147

LA STORIA DI SAITO MUSASHIBO BENKEI E YOSHITSUNE MINAMOTO 154

LA STORIA DEI 47 RONIN...159

LA STORIA DELL'IMPERATRICE JINGU 164

LA STORIA DI KESA GOZEN...167

LA STORIA DI TOMOE GOZEN 169

PARTE QUARTA: MITI E LEGGENDE LEGATE AL MONDO DELLA NATURA
....**171**

MITI E LEGGENDE LEGATE AL MONDO DELLA NATURA **171**

LA STORIA DELLA LEPRE DI INABA 173

LA STORIA DEL CAVALLO IKEZUKI 175

LA STORIA DEL CILIEGIO DEL SEDICESIMO GIORNO.........................177

LA STORIA DI URASHIMA E DELLA TARTARUGA.................................180

PARTE QUINTA: STORIE DI FANTASMI DEL FOLKLORE GIAPPONESE.....184

DODOMEKI...185

LE FUTAKUCHI-ONNA..187

GLI HINNAGAMI 189

HONE-ONNA 191

I FUNAYUREI...194

I ROKUROKUBI 197

LA STORIA DELL'UOMO AVARO 200

LA STORIA DELLA MATRIGNA CATTIVA...202

LA STORIA DI FUJIWARA-NO-IDESATO 203

LA STORIA DEL MONACO CHITOKU 204

LA STORIA DELLA LANTERNA DELLE PEONIE 206

LA STORIA DI OKIKU 211

LA STORIA DI HOICHI, IL SENZA ORECCHIE.......................................214

LA STORIA DI O-TEI...223

MITOLOGIA GIAPPONESE UN VIAGGIO TRA MITI, SPIRITI E MOSTRI GIAPPONESI

PARTE PRIMA- INTRODUZIONE ALLA MITOLOGIA GIAPPONESE: DAL MITO DELLA CREAZIONE ALLA NASCITA DELL'IMPERO

INTRODUZIONE ALLA MITOLOGIA GIAPPONESE

Come tutti i paesi al mondo, anche il Giappone è molto legato a miti e tradizioni millenarie che sono entrate a far parte integrante della cultura e della storia del paese.

Il Giappone è un paese molto antico che è stato segnato, durante tutta la sua esistenza, da battaglie e guerre sanguinose, sia interne che fuori dal paese. Essendo anche un paese ricco di tradizioni e fortemente legato ad un codice d'onore che ha origini millenarie, tutto ciò ha fatto sì che nel corso dei secoli la storia di questo paese fosse fortemente legata a miti e leggende. Miti e leggende che fanno capo soprattutto a storie di mostri, demoni, divinità ed eroi leggendari.

La religione e la mitologia giapponese abbracciano tradizioni shintoiste e buddiste, ma sono anche legate a credenze popolari. Queste credenze popolari, a loro volta, sono connesse soprattutto al mondo naturale e in particolare all'agricoltura.

La mitologia giapponese è inoltre piena di racconti epici e avventurosi uniti a profonde riflessioni sul senso della vita. I temi ricorrenti sono infatti divinità, famiglie reali e, come dicevamo sopra, forze provenienti dal mondo naturale.

Al contrario di molte religioni basate su elementi mitologici, come quella greca per esempio, in quella giapponese a volte è veramente difficile distinguere la realtà dal mito.

Questo perché, la religione shintoista in modo particolare, favorì e incoraggiò il proliferare di storie mitologiche e leggende. Difatti questa religione afferma che ogni cosa che esiste in natura abbia, nella sua essenza più profonda, uno spirito (Kami). Di conseguenza alcuni elementi del regno vegetale e animale, secondo la mitologia giapponese, sono dei diretti discendenti delle divinità.

Per quanto riguarda la provenienza scritta, la mitologia e la storia leggendaria della nascita del paese, si basano principalmente sui racconti contenuti in due grandi raccolte: il **Kojiki,** e il **Nihonshoki.** Queste due opere, raccontano l'origine della classe dirigente nipponica, e sembravano mirate a propagandare e rafforzarne l'autorità.

Questi due raccolte, si basano, in modo particolare, su due tradizioni: la prima, conosciuta come il ciclo Yamato, che è tutto incentrato sul mito della dea del Sole Amaterasu; il secondo, conosciuto come ciclo Izumo, incentrato sul mito del fratello di Amaterasu, Susano-O (o Susano-Wo).

Le genealogie e i documenti mitologici iniziarono ad essere compilati e conservati in Giappone a partire dal VI secolo D.C.

Fu al tempo dell'imperatore Temnu (VII secolo D.C) però, che divenne necessario conoscere la genealogia delle famiglie più influenti, in modo da stabilire la loro posizione negli otto livelli di rango e titoli, catalogati nello stesso modo che usava fare il sistema giudiziario cinese.

Per questo motivo, l'imperatore ordinò la compilazione di miti e genealogie che portò alla creazione delle due raccolte di cui abbiamo parlato: il Kojiki e il Nihonshoki.

Gli incaricati a compilare questi tomi avevano quindi a disposizione non solo la tradizione orale tramandata da secoli, ma anche fonti documentate e scritte.

Il **Kojiki,** che tradotto letteralmente significa registrazione di cose antiche, è il più conosciuto e antico libro di miti, leggende e storie legate alla tradizione giapponese. Fra i due libri, questo è sicuramente quello più impregnato di leggende e mitologie. Il libro, come dicevamo, fu commissionato nel 672 d.C. dall'imperatore Temmu e fu completato nel quinto anno dell'era Wadō sotto l'imperatrice Genmei. L'opera è stata attribuita al funzionario di corte O-No-Yasumaro. Si narra che Yasumaro, avrebbe messo per iscritto tutti i racconti tramandati oralmente che gli furono declamati da un cantore (all'epoca designato con l'appellativo di kataribe) con una prodigiosa memoria: Hieda-No-Are. Nella prefazione del libro, si dice che l'imperatore Temnu, resosi conto che nei documenti e nelle storie ufficiali erano presenti numerosi errori, che di fatto distorcevano la verità dei fatti, emise un decreto affinché venisse redatta una nuova storia del regno giapponese, priva di errori e contraddizioni. Il Kojiki venne redatto, quindi, come il tentativo di dare una forma concreta alla varietà di miti e leggende orali e con la necessità prevaricante di selezionare le varianti che meglio si adattassero al volere dell'imperatore. Il Kojiki è diviso in tre volumi, e la materia trattata va dal periodo degli dèi, narrato nel primo volume, sino al regno dell'imperatrice Suiko, passando alla fondazione del primo impero giapponese, per opera del primo leggendario imperatore Jimmu.

Il **Nihonshoki**, al contrario, essendo stato compilato dopo rispetto al Kojiki, aggiunge molti più elementi accademici per la corretta comprensione della storia e del mito del primo Giappone. Lo scopo principale di questa raccolta era quello di dare alla corte nipponica, una storia che poteva, in qualche modo, essere paragonata agli annali cinesi. A grandi linee anche questa raccolta tratta gli stessi argomenti del Kojiki. È un testo letterario del periodo Nara, compilato, su ordine imperiale dal principe Toneri. Il testo è suddiviso in 30 maki, ed arriva fino all'epoca dell'imperatrice Jitō. In questa raccolta, è ben evidente che la materia mitologica è stata ordinata secondo precisi livelli di importanza stabiliti per ragioni dinastiche, in modo da avvallare il predominio di un'etnia precisa, quella di Yamato. Sebbene entrambi i testi siano stati redatti per sostenere le ragioni dinastiche, quindi per legittimare la famiglia imperiale e gli uji da cui discendeva, nel Nihonshoki questa motivazione politica è molto più forte ed evidente.

IL MITO DELLA CREAZIONE

Izanami e Izanagi, illustrazione di Kobayashi Eitaku (1885)

Il mito della creazione è tratto dalle vicende narrate nelle due raccolte di cui abbiamo parlato in precedenza, il Kojiki e il Nihonshoki.

La mitologia giapponese narra che, in principio, vi era solo il caos e l'universo era oscuro e tenebroso. Le particelle sottili si innalzarono per creare il Cielo, dove apparvero le prime tre divinità, conosciute come divinità creatrici. Queste divinità ebbero molti figli e alla settima generazione crearono due essenze divine: **Izanagi,** che tradotto in maniera letterale significa "uomo che invita", che era l'essenza maschile, e **Izanami,** che tradotto letteralmente significa "donna che invita" e rappresentava l'essenza femminile. Le divinità incaricarono queste due essenze di creare la Terra.

Per compiere questa missione, le divinità diedero loro un'alabarda ricoperta di pietre preziose, conosciuta con il nome di Amanonohoko**,** che letteralmente significa "alabarda celeste della palude".

Le due essenze si recarono sul ponte fluttuate del cielo, l'Amenoukihashi**.** Iniziarono così a mescolare il mare che si trovava sotto il ponte con l'alabarda.

Dall'alabarda intrisa d'acqua, scivolarono alcune gocce di acqua che si trasformarono nell'isola di Onogoro.

Le due essenze divine decisero di scendere dal cielo e di trasferire la loro dimora sull'isola.

Decisero quindi di avere dei figli. Per questo motivo, al centro dell'isola, eressero un pilastro conosciuto con il nome di Amenomihashira. Costruirono il loro palazzo attorno al pilastro e lo chiamarono Yahirodonoche, che letteralmente significa "sala dell'area di otto braccia di lunghezza".

Le due essenze divine iniziarono a girare attorno al pilastro andando in direzioni opposte. Quando si incontrarono Izanami salutò per prima. Izanagi pensò che quell'atteggiamento non fosse corretto, ma, nonostante ciò, decise lo stesso di sposare la sorella e di giacere con lei per procreare.

Dalla loro relazione nacquero due bambini: **Hiruko** e **Awashima**. Il primo figlio, Hiruko, conosciuto come il bambino sanguisuga, era nato senza arti e senza ossa. La seconda, Awashima, nacque totalmente malformata.

I due bambini vennero messi in una barca e furono lasciati andare in mare aperto. A questo punto, le due essenze pregarono gli altri dèi per avere delle risposte su cosa avessero sbagliato per meritare quel castigo. Gli dèi risposero che la divinità maschile avrebbe dovuto essere la prima a salutare e invece loro avevano fatto l'esatto opposto. Allora Izanagi e Izanami tornarono al pilastro. Rigirarono di nuovo attorno al pilastro e questa volta fu Izanami a salutare per primo.

La seconda generazione di figli fu sana e fruttuosa. Dalla loro unione nacquero gli **Ōyashima,** a cui diedero i nomi delle otto grandi isole che si formarono in seguito: **Awazi, Iyo** (successivamente conosciuta con il nome di **Shikoku), Ogi, Tsukusi (**successivamente conosciuta con il nome di

Kyūshū),Iki, **Tsushima**, **Sado** e **Yamato** (successivamente conosciuta con il nome di **Honshū).**

Ebbero un'altra generazione di sei figli, che diedero vita a sei ulteriori isole e migliaia di divinità. Izanami diede alla vita un altro figlio conosciuto con il nome di **Kagu-Tsuchi**, che letteralmente significa "incarnazione del fuoco". Tuttavia, Izanami morì dando alla vita Kagu-Tsuchi.

Incollerito e ferito per la morte della moglie, Izanagi uccise il figlio con una spada. Dal sangue e dalle parti del corpo di Kagu-Tsuchi nacquero molte divinità, che vennero conosciute come i Kami nati dalla spada. La maggior parte di questi Kami, furono dei legati al fuoco, alle rocce, ai terremoti e ai vulcani.

Izanagi seppellì la moglie sul monte Hiba.

L'OSCURA TERRA DEI MORTI E LA NASCITA DELLA MORTE

Izanami pianse a lungo la morte della moglie, e dopo aver sofferto per tanto tempo decise di intraprendere un viaggio verso l'oscura terra dei morti, meglio nota come Yomi.

Una volta giunto a Yomi, Izanagi non notò nessuna differenza tra la terra da dove proveniva e la terra dei morti. L'unica differenza era l'oscurità perenne.

Dato che questa oscurità eterna e soffocante lo faceva soffrire molto e gli faceva sentire la nostalgia del mondo sovrastante, si affrettò a cercare Izanami.

Nonostante le ombre e l'oscurità penetrante celassero bene la figura di Izanami, Izanagi riuscì comunque a trovarla.

Izanagi le chiese di tornare con lui ma lei rispose che non poteva tornare indietro, poiché aveva già mangiato il cibo degli Inferi e ormai lei apparteneva alla Terra dei Morti. Infatti, la leggenda narra che, una volta che si è mangiato nel cuore di Yomi, è impossibile uscirne e tornare nella terra dei vivi.

Izanami rimase stupito e attonito dalla sentenza di Izanami, ma si rifiutò categoricamente di assecondare il suo desiderio di rimanere a Yomi. Così mentre la moglie dormiva, Izanami prese il pettine, che teneva legati i capelli della moglie, e lo accese per riuscire a vedere nell'oscurità.

Ma sotto la luce della torcia Izanami scoprì un'orribile verità. Vide la figura della moglie per quello che era diventata: Izanami era diventata una creatura orribile, era un corpo devastato dalla decomposizione, piena di larve e creature orrende che le ruotavano attorno a tutto il corpo.

Spaventato dalla visione che gli appariva dinnanzi agli occhi, urlò e iniziò a fuggire, cercando in tutti i modi di tornare nel regno dei vivi.

Izanami, indignata dall'atteggiamento del marito, iniziò ad inseguirlo a sua volta, facendosi aiutare dalle Yomotsu-Shikome. Le Shikome, il cui nome tradotto letteralmente significa "brutta donna degli inferi", erano delle streghe e furono incaricate da Izanami per riportare indietro Izanagi.

Cercando una soluzione per risolvere velocemente la sua orrenda situazione, Izanagi mise a terra il suo cappello, che si trasformò in un grappolo di uva. Le Shikome, passando sopra l'uva scivolarono ma, nonostante ciò, continuarono ad inseguirlo.

Fallito questo tentativo, Izanagi gettò a terra il pettine della moglie, che si trasformò in tante canne di bambù. L'effetto non fu quello sperato, anzi Izanagi fece infuriare tutte le creature della Terra dei morti, che iniziarono ad inseguirlo.

Allora Izanagi urinò contro un albero e questo si trasformò in un fiume, dandogli un momentaneo vantaggio.

Ma le creature della Terra dei Morti continuavano ad inseguirlo e allora Izanagi iniziò a gettare delle pesche addosso agli inseguitori. Gli inseguitori iniziarono a mangiare le pesche, ma Izanagi sapeva comunque che questa soluzione non li avrebbe rallentati a lungo.

Izanagi, però, grazie ai suoi stratagemmi, era quasi giunto al confine dello Yomi con la terra dei vivi.

Izanagi riuscì a raggiungere l'uscita e spinse una grossa roccia per far in modo di chiudere l'entrata, in modo tale che nessuno entrasse o uscisse da Yomi.

Izanami, sempre più furiosa, urlò al marito, dietro la roccia che, se lui non fosse tornato indietro, allora lei avrebbe ucciso 1000 persone ogni giorno. Izanagi ancora più furioso della moglie, le rispose che allora lui, di conseguenza, avrebbe dato la vita a 1500 persone ogni giorno.

Fu così che nacque la morte, creata dall'ira di Izanami, abbandonata nella Terra dei Morti dal marito Izanagi.

LA NASCITA DEL SOLE, DELLA LUNA E DEL VENTO

Tornato indietro incolume dalla Terra dei Morti, Izanami, sentendosi contaminato dall'oscurità, decise di purificarsi.

Izanami lasciò cadere i vestiti e gli ornamenti che lo ricoprivano per terra. Ogni oggetto caduto a terra si trasformò in una nuova divinità.

Izanami iniziò a lavarsi e, anche dall'acqua con cui si lavava, nascevano nuove divinità.

Le divinità più importanti nacquero solo quando Izanami iniziò a lavarsi il viso.

Dal suo occhio sinistro nacque **Amaterasu-No-Mikoto**, che tradotto letteralmente significa "persona che fa risplendere i cieli", l'incarnazione divina del Sole.

Dal suo occhio destro nacque **Tsukuyomi**, l'incarnazione divina della Luna.

Dal suo naso nacque **Susano-O**, l'incarnazione divina del vento e della tempesta.

Izanagi decise allora che il mondo dovesse essere diviso fra queste tre divinità.

Stabilì che ad Amaterasu andasse il Cielo. A Tsukuyomi andò la Notte e la Luna. A Susano-O toccarono i mari.

Amaterasu e Tsukuyomi obbedirono al loro padre e andarono a governare i regni che questo gli aveva affidato.

Susano-O si rifiutò, inizio a piangere e a ululare, e pianse talmente tanto da prosciugare i mari e i fiumi.

Izanagi, sconfortato, chiese al figlio perché invece di compiere la missione che gli era stata affidata, si fosse messo a protestare in quella maniera.

Allora Susano-O rispose che lui avrebbe preferito governare la terra che apparteneva alla madre. Izanagi adirato, scacciò per sempre Susano-O, dicendogli che lui non avrebbe mai dovuto vivere in quella terra.

AMATERASU LA DEA DEL SOLE

La dea del sole Amaterasu che esce dalla grotta Ama-No-Iwato, particolare della xilografia Kusinada

Amaterasu è una delle divinità più famose della mitologia giapponese. È sicuramente una delle dee più note e gran parte della mitologia giapponese racconta della sua rivalità con il fratello, dio del vento e della tempesta Susano-O.

La dea, secondo la mitologia, è considerata la divina antenata da cui discende per linea diretta la famiglia imperiale giapponese.

La leggenda più conosciuta della dea è quella che narra dello scontro avvenuto con il fratello Susano-O.

Durante questo scontro avvenuto nel suo palazzo con il fratello Susano-o, che le aveva ucciso un'ancella e un pony, animale a lei sacro, Amaterasu, sconvolta per l'accaduto, scappò e si nascose in una grotta, la grotta Ama-No-Iwato.

Poiché la dea del sole si era nascosta, il mondo era sprofondato in una profonda oscurità. Tutti gli dèi e le dee, preoccupate per l'oscurità, fecero di tutto per tirare fuori Amaterasu dalla grotta, ma ogni tentativo risultò vano.

Allora la Kami dell'ilarità Ama-No-Uzume escogitò un piano. Piazzò un grosso specchio di fronte alla grotta dove Amaterasu si era nascosta. Quindi la Kami si ricoprì di foglie e di fiori, capovolse una tinozza e inizio a danzarci sopra. Uzume poi si spogliò e iniziò a danzare nuda. Tutte le divinità

21

maschili, vedendo la scena iniziarono a ridere, incuriosendo Amaterasu.

Amaterasu restò attonita dal fatto che le divinità si stessero divertendo nonostante lei non ci fosse.

Amaterasu chiese a Uzume perché si stessero divertendo così tanto e Uzume, rispose che c'era una nuova divinità molto più bella e potente di Amaterasu.

Allora Amaterasu diede una sbirciatina fuori dalla grotta e allora uscì un piccolo raggio di sole, che venne chiamato alba.

Sempre più curiosa, poiché non riusciva a scorgere bene la nuova divinità, aprì un po' di più l'entrata della grotta e Uzume le pose davanti lo specchio.

Mentre Amaterasu rimase abbagliata dalla sua immagine allo specchio, il dio Ameno-Tajikarawo allora portò via Amaterasu dalla grotta, che divenne sacra e fu chiamata da allora Shirukume. Circondata dalle risate e dalla gioia Amaterasu decise di ridare la sua luce divina al mondo.

Il fratello Susano-O venne punito severamente per l'affronto dai Kami intervenuti nella vicenda, facendogli pagare un'ammenda di mille tavole di offerte rituali. Gli tagliarono anche la lunga barba e lo rimandarono indietro, sulla Terra.

La mitologia narra che Amaterasu, in seguito, mandò suo nipote Ninigi-No-Mikoto a portare pace in Giappone. Amaterasu donò al nipote la spada sacra Kusanagi, il gioiello conosciuto con il nome di Yakasani-No-Magatama e lo specchio usato per convincerla ad uscire dalla grotta, conosciuto con il nome di Yata-No-Kagami. Questi tre elementi divennero i primi simboli imperiali giapponesi.

Ad Amaterasu viene attribuita l'invenzione della coltivazione del riso, la coltivazione del frumento, come ricavare la seta dal baco da seta e la tessitura con il telaio.

Il santuario più importante in cui viene venerata la dea e il santuario di Ise, situato appunto a Ise, sull'isola di Honshū. La dea viene rappresentata con uno specchio.

Il tempio, secondo la tradizione, deve essere abbattuto e poi ricostruito ogni 20 anni.

TSUKUYOMI IL DIO DELLA NOTTE E DELLA LUNA

**Immagine raffigurante il dio della Notte e della Luna
Tsukuyomi-No-Mikoto**

Tsukuyomi, era il secondo dei tre nobili bambini nati dalla purificazione di Izanagi.

Dopo essersi arrampicato sulla scala celestiale, Tsukuyomi andò a vivere nel Takamagahara, il paradiso celeste, assieme alla sorella Amaterasu.

Tsukuyomi fece infuriare però la sorella, quando uccise Uke-Mochi, la dea del cibo. La leggenda narra, infatti che Tsukuyomi fu mandato dalla sorella a rappresentarla ad un banchetto organizzato dalla dea Uke-Mochi. La divinità creò il cibo sputando un pesce dalla bocca, dal suo ano la selvaggina e infine dai suoi genitali uscirono fuori delle ciotole di riso.

Il cibo aveva un aspetto delizioso e Tsukuyomi la mangiò di gusto. Ma presto scoprì come la dea creava il cibo. Disgustato dalla provenienza del cibo che aveva poco prima ingurgitato, Tsukuyomi decise allora di reclamare vendetta per l'affronto subito e uccise, senza indugi, la dea Uke-Mochi.

Quando Amaterasu venne a sapere cosa fosse accaduto, si infuriò e decise di non voler più vedere il fratello, decidendo di trasferirsi in un altro angolo del Cielo. Per questa ragione il giorno e la notte non si sono mai più visti assieme.

SUSANO-O IL DIO DEL VENTO E DELLA TEMPESTA

Susano-O-No-Mikoto, dio del vento e della tempesta, mentre affronta e uccide il drago Yamata-No-Orochi, dipinto di Utagawa Kunitero, (1847-1852)

Susano-O-No Mikoto, era l'ultimo dei figli nati dalla purificazione dopo la scesa agli inferi di Izanagi.

Ancora oggi è uno dei Kami principali e molto venerati dello Shintoismo, ed è conosciuto come il dio del vento, della tempesta, degli uragani e del mare.

Una storia molto popolare è quella che narra dell'orribile comportamento che ebbe Susano-O nei confronti del suo creatore Izanagi.

Izanagi, stanco delle lamentele continue di Susano-O, decise di mandarlo a vivere nel regno di Yomi. Susano-O decise di accettare anche se con riluttanza, ma prima di andare, disse a Izanagi che doveva portare prima a termine delle faccende incompiute. Si recò in Cielo (Takamanohara) per poter dire addio alla sorella Amaterasu.

Ma Amaterasu, conoscendo la vera natura del fratello, si stava preparando per la battaglia. Susano-O insistette sul fatto che fosse lì solo per dirle addio.

Allora Amaterasu, continuando a non credergli, gli propose una sfida, per provare la sua buona fede. La sfida consisteva nel dare alla luce il maggior numero possibile di figli divini.

Amaterasu riuscì a dare alla luce tre divinità donne, dalla spada di Susano-O.

Susano-O, dal canto suo, riuscì a generare cinque divinità maschili dal monile della sorella.

Dato che i cinque uomini furono generati dal suo monile, Amaterasu pretese che quelle divinità fossero attribuite a lei, mentre le donne al fratello.

Entrambi le divinità si dichiararono vincenti, creando lotte continue fra i due fratelli. Scontri che culminarono con l'affronto di Susano-O, quando scorticò vivo un pony, animale sacro per Amaterasu e lo gettò esanime nella sala del palazzo della sorella.

Amaterasu, sconvolta per l'accaduto, scappò e si nascose in una grotta, la grotta di Ama-No-Iwato.

Susano-O allora venne definitivamente esiliato dal Cielo. Vagò fino a giungere nella provincia di Izumo. Qui incontrò una coppia anziana che piangeva assieme alla loro unica figlia.

La coppia raccontò a Susano-O che la loro disperazione dipendeva dal fatto che le loro otto figlie erano state divorate, una ad una, ogni anno, da un drago conosciuto con il nome di Yamata-No-Orochi. Il drago aveva otto code e otto teste. L'unica figlia in vita che era rimasta era Kushinada.

Susano-O, che sapeva che la coppia di anziani era molto legata al culto della sorella Amaterasu, si offrì di aiutarli, a patto che loro in cambio, gli avessero concesso la mano della loro unica figlia ancora in vita.

Gli anziani accettarono la proposta di Susano-O, e lui trasformò la ragazza in un pettine, nascondendola tra i suoi capelli, per proteggerla dalla venuta del drago.

Ordinò poi che fosse costruita una staccionata attorno alla loro casa. Inoltre, la casa doveva possedere otto cancelli, otto tavoli per ogni cancello, otto fiaschi su ogni tavolo, ognuno dei quali doveva essere pieno di vino di riso, fatto fermentare otto volte.

Il drago Orochi si precipitò nella casa e fu subito attirato dal vino. Iniziò a bere da tutti gli otto cancelli e infine, quando era totalmente stordito dal vino, venne ucciso da Susano-O.

Mentre Susano-O tagliava a pezzi il cadavere del drago si accorse che, in una delle code, era celata una spada, talmente potente da non poter essere distrutta dalla sua stessa spada.

Questa spada potente fu portata in cielo e donata, in segno di pentimento, alla sorella Amaterasu. Alla spada venne dato il nome di Ame no Murakomo no Tsurugi.

Commossa dal gesto del fratello Amaterasu lo perdonò e convinse anche il padre Izanagi a farlo.

NINIGI-NO-MIKOTO E LA PRINCIPESSA DEI FIORI

Ninigi No Mikoto e la principessa Konohana-Sakuyahime, principessa dei fiori

La leggenda narra che Amaterasu inviò il nipote Ninigi in Giappone. Gli consegnò i tre oggetti che poi divennero i tre simboli della casa imperiale, la spada Kusanagi, il gioiello Yakasani-No-Magatama, e lo specchio Yata-No-Kagami.

Giunto sulla terra, mentre si incamminava per compiere la sua missione, incontrò la principessa dei fiori Konohana-Sakuyahime, principessa protettrice degli alberi di ciliegio, e se ne innamorò.

Il padre della principessa, che era la divinità della montagna, conosciuto con il nome di Ohoyamatsumi, era molto compiaciuto che il nipote della dea del sole si fosse innamorato della figlia, e si disse disposto a dare in sposa a Ninigi anche l'altra figlia, la principessa delle pietre Iwanaga.

Poiché Iwanaga non era di bell'aspetto, Ninigi si rifiutò di sposarla, chiedendo come sposa solo Konohana-Sakuyahime.

Ohoyamatsumi, rimase molto deluso da questa decisione e avvertì Ninigi, che rifiutando Iwanaga, che rappresentava l'eternità (infatti le rocce di cui la principessa era il simbolo sono eterne), e sposando solo la principessa dei ciliegi, avrebbe in tal modo rinunciato all'eternità per una vita breve come quella di un fiore di ciliegio.

Allora Ninigi proseguì imperterrito nella sua decisione e sposò solo la principessa dei ciliegi. La principessa rimase subito incinta.

Ninigi dubitò della paternità dei figli della principessa. La principessa allora costruì una capanna e vi si nascose per il parto.

Dal parto nacquero tre figli: Hoderi, Hosuseri e Hoori. Dopo il parto, diede fuoco alla capanna con dentro i figli e disse che, se fossero stati i figli di un Dio, allora si sarebbero salvati dalle fiamme. E così fu.

A questo punto Ninigi, impressionato dal coraggioso gesto fatto dalla principessa, e dissipato quindi ogni dubbio sulla paternità dei bambini, legittimò i figli della principessa come suoi legittimi discendenti ed eredi.

I figli nati da quel parto furono tre, come abbiamo già detto: Hoderi che tradotto letteralmente significa "fuoco brillante", Hosuseri, che tradotto significa "fuoco che avanza" e l'ultimo venuto al mondo fu chiamato Hoori che letteralmente significa "fuoco declinante", cioè fuoco che sta per estinguersi.

HODERI E HOORI

Hoderi, conosciuto come il principe del mare, divenne un abile pescatore e con il suo amo riuscì a pescare un numero infinito di pesci.

Il fratello Hoori, conosciuto come il principe della montagna, divenne un abile cacciatore grazie all'aiuto del suo leggendario arco.

Un giorno i due fratelli intrapresero una sfida. Avrebbero dovuto scambiarsi i ruoli per vedere sé fossero stati in grado di ripetere gli stessi successi, con gli strumenti preferiti scambiati. Ma nessuno dei due riuscì ad avere successo nell'impresa.

Tra le altre cose, Hoori, perse il mitico amo del fratello, e nonostante avesse forgiato mille ami dalla sua spada come pegno, l'ira di Hoderi era implacabile.

Sconsolato di non riuscire a far calmare il fratello, Hoori si sedette in riva al mare a pensare.

Mentre stava pensando gli venne incontro un vecchio conosciuto con il nome di Shihotsuchi. Il vecchio, per aiutarlo a risolvere la situazione, gli consigliò di costruire un'imbarcazione, portarla al largo e poi affondarla e andare affondo anche lui.

Giunto in fondo al mare Hoori, scoprì che anche lì vi era un mondo abitato da altre creature. Qui conobbe il Signore del Mare Watatsumi e la splendida figlia Toyotama, di cui se ne innamorò perdutamente. Watatsumi, sapendo chi fosse in realtà Hoori, si rallegrò molto della visita dell'illustre ospite. Ma Hoori, invece, non sapeva che in realtà quelle creature non erano come lui, ma draghi marini.

Hoori allora decise di sposare Toyotama, e dopo tre anni vissuti nel palazzo del Signore del Mare, Hoori decise di confidarsi con lui, spiegandogli quale era il motivo che lo aveva spinto ad andare nelle profondità marine.

Watatsumi radunò tutti i pesci del suo regno, intimandoli di cercare l'amo, che fu ben presto ritrovato e riconsegnato a Hoori.

A Hoori poi, fu concesso il diritto di tornare sulla terraferma per poter restituire l'amo al fratello.

Watatsumi consegnò, inoltre, ad Hoori le perle dell'Alta e della Bassa marea. Queste perle donavano a Hoori il potere di sottomettere il fratello Hoderi.

Tornato a casa, Hoori rivide il fratello e gli restituì, con entusiasmo, il suo amato amo. Ma il fratello non fu altrettanto felice di rivederlo, anzi disse al fratello di sparire perché non voleva più avere niente a che fare con lui.

Trasferitosi di nuovo sulla terraferma Hoori iniziò a coltivare la terra. Le risaie di Hoori dopo pochi mesi dalla coltivazione erano fertili e molto produttive, mentre quelle del fratello Hoderi erano aride, secche e non producevano nemmeno un chicco di riso. A questo punto Hoderi iniziò sempre più a covare invidia, rabbia e rancore nei confronti del fratello.

Quindi Hoderi, stanco della fortuna del fratello e della disparità delle loro sorti, decise che per pareggiare i conti avrebbe dovuto uccidere il fratello.

Hoori consapevole del fatto che prima o poi il fratello avrebbe tentato di ucciderlo, nel momento stesso in cui venne attaccato, ricordandosi delle parole del suocero, estrasse il gioiello che questi gli aveva donato. Improvvisamente, il gioiello portentoso fece risalire la marea, facendo così quasi annegare lo sventurato Hoderi. Con le ultime forze rimaste, Hoderi, cercando di non andare a fondo, chiese perdono al fratello. In quel preciso istante le acque si ritirarono e Hoderi si salvò, uscendone bagnato fradicio e profondamente umiliato.

Hoderi allora si scusò con il fratello, ammettendone la superiorità e, dichiarandosi sconfitto, si offrì di dare il regno al fratello e si servirlo umilmente per il resto della sua vita.

Toyotama, che si era trasferita con il marito sulla terraferma, nel frattempo, era rimasta incinta.

Giunto il momento del parto, fece costruire una capanna coperta di penne di cormorano, dove avrebbe partorito il loro bambino.

Durante il parto, e per un breve periodo, Toyotama avrebbe assunto le sue sembianze reali e per questo motivo, pregò il marito di non guardare all'interno della capanna, dicendo di vergognarsi e che quindi non voleva essere assolutamente vista.

Hoori però, preso dalla curiosità, guardò all'interno della capanna e quando vide le vere sembianze della moglie, fuggì terrorizzato.

Allora Toyotama, presa dalla vergogna per l'abbandono del marito, fuggì a sua volta e il figlio, Ugayafukiaezu, venne affidato e fatto crescere dalla zia, la sorella di Toyotama.

Quando Ugayafukiaezu divenne adulto, sposo la zia che lo aveva cresciuto, la principessa Tama, ed ebbero quattro figli: Itsuse, Inahi, Mikenu e Wakanikenu.

Wakanikenu, prenderà in seguito il nome di Jimmu, colui che diventerà il primo leggendario imperatore del Giappone.

IL LEGGENDARIO IMPERATORE JIMMU TENNO

Imperatore Jimmu Tenno, artista Ginko Adachi

L'imperatore Jimmu, secondo la leggenda è stato il fondatore del Giappone e il suo primo imperatore.

La leggenda narra che fosse uno dei diretti discendenti della dea Amaterasu, per la precisione il pronipote.

Il suo nome, tradotto letteralmente significa, "forza divina" o anche "Dio guerriero".

Sempre secondo le leggende, il mitico imperatore era pluricentenario. Si narra infatti che nacque nel 711 a.C. e morì nel 585 a.C., il che significa che l'imperatore visse per 126 anni.

Ci sono poche prove della reale esistenza dell'imperatore Jimmu. Infatti, dei nove leggendari imperatori, l'unico ad essere veramente esistito, è stato l'imperatore Suizei.

Nonostante la discrepanza con le fonti storiche, la leggenda dell'imperatore Jimmu è importante nella mitologia e nella storia giapponese, in quanto si ritiene ancora oggi che, la stirpe imperiale discenda direttamente da lui.

Secondo la leggenda, infatti, l'imperatore Jimmu, fondò l'impero giapponese nel 660 a.C. e, da allora, questa data viene indicata come data della fondazione, e viene festeggiata ogni anno come festa nazionale.

Originario della parte meridionale del Kyūshū, Jimmu fu costretto ad emigrare dopo aver avuto delle gravi sconfitte in battaglie con altri clan.

Secondo le cronache imperiali raccolte nei due libri Kojiki e Nihonshoki, i fratelli dell'imperatore nacquero nella provincia di Miyazaki. Decisero in seguito di migrare verso est per trovare un luogo più sicuro e appropriato per amministrare il paese. Il fratello maggiore dell'imperatore Jimmu guidò inizialmente la spedizione e portò il suo clan verso est attraverso il mare di Seto, aiutato dal capo locale Sao Netsuhiko. Quando raggiunsero la città che oggi è conosciuta come Osaka, si scontrarono con il capo clan locale, conosciuto come Nagasunehiko. Il fratello maggiore di Jimmu, Itsune No Mikoto, venne però sconfitto e ucciso.

Jimmu si rese conto solo allora che erano stati sconfitti perché in realtà, combattendo verso est, stavano combattendo contro il Sole. Così prese la decisione di sbarcare dal lato est della penisola di Kii e di combattere dal lato opposto, cioè verso ovest.

Jimmu riuscì a sconfiggere i propri nemici, ma gli altri due fratelli rimasti in vita, scoraggiati per la perdita del fratello maggiore dissero a Jimmu che non se la sentivano di proseguire il viaggio e, che avrebbero preferito tornare a vivere negli abissi, il luogo che apparteneva alla loro madre.

Essendo rimasto solo, il comando della spedizione passò a lui. Raggiunse la valle di Kumano, dove venne attaccato dal dio terrestre che governava quei luoghi, deciso a non farlo passare né a farsi sottomettere da Jimmu. Allora il dio si tramutò in orso e raggiunse ben presto Jimmu e la sua spedizione. L'orso lanciò strani fumi, facendo così cadere in un sonno profondo la spedizione e lo stesso Jimmu. Avendo ottenuto l'obiettivo di fermare l'avanzata di Jimmu e del suo esercito, l'orso fuggì via, sparendo nel nulla.

Jimmu e il suo seguito, vennero trovati dal capo clan dei Kumano, che cercò in tutti i modi di svegliarli senza tuttavia riuscirci.

Nel frattempo, la dea del sole vide quanto stava accadendo al suo discendente e decise di aiutare il pronipote Jimmu. Convocò allora il Kami Takemi-Zakuchi e gli disse di portare con sé una spada da donare a Jimmu, colui che avrebbe dovuto essere il legittimo reggente del Paese.

Il Kami allora apparve in sogno al capo clan dei Kumano, dicendoli che avrebbe dovuto consegnare la spada che gli stava inviando, a Jimmu. L'uomo obbedì immediatamente e, appena Jimmu ebbe al suo fianco la spada miracolosa, si svegliò dal sonno profondo assieme al suo esercito.

La dea, dopo questa ennesima disavventura del suo discendente, decise allora di dare un'occhiata sulla terra per capire se Jimmu avrebbe potuto incontrare altri ostacoli lungo il suo cammino. Si rese conto allora che la terra pullulava di divinità terrestri che volevano impedire a Jimmu di proseguire oltre.

Allora decise di inviare sulla terra Yagatarasu, un enorme corvo a tre zampe che gli avrebbe indicato tutte le vie sicure durante il suo cammino.

Il corvo andava in avanscoperta e gli dèi che lo vedevano arrivare, riconoscendolo come appartenente ad Amaterasu, si inchinavano al suo cospetto e lasciavano passare Jimmu.

Arrivarono a Uda, una località dove gli uomini vivevano ancora allo stato primitivo, e non si erano ancora evoluti. Infatti, tutti gli appartenenti al clan avevano ancora le code. I capi di questo clan erano due fratelli. Il minore sembrava propenso ad inchinare il capo e proclamare Jimmu come sovrano assoluto. Il maggiore invece non aveva nessuna intenzione di sottomettersi. Anzi, decise stoltamente di lanciare alcune frecce su Yagatarasu per ucciderlo.

Riuscì, però, solo a scacciare via il corvo e inoltre promise che se Jimmu si fosse presentato nel loro villaggio, allora lui lo avrebbe sicuramente ucciso. Allora decise di costruire una trappola per Jimmu nella sala delle celebrazioni. Il fratello minore, avendo intuito che Jimmu era protetto dagli dèi del Cielo, ebbe timore e si recò da Jimmu per avvisarlo della trappola.

Jimmu, accompagnato dal corvo e dal suo esercito, entrò nel villaggio e vennero tutti accolti con grande onore. Il capo clan era ansioso di far cadere Jimmu nella sua trappola e si affrettò a portare gli ospiti nella sala delle cerimonie.

Jimmu, sapendo della trappola, disse al capo clan di fare strada, ma questi cercava di convincerlo ad andare avanti lui perché era l'ospite e non voleva recargli offesa, passandogli davanti. Gli uomini al seguito di Jimmu allora si spazientirono e, minacciandolo con le lance, intimarono il capo clan di entrare per primo. Il capo clan, non avendo altra scelta entrò per primo nella sala e, facendo scattare la trappola, rimase ucciso.

Il fratello minore divenne allora il nuovo capo clan e promise a Jimmu che lo avrebbe accettato come suo sovrano e che lo avrebbe servito fino alla fine dei suoi giorni.

Si rimisero allora in cammino e giunti ad Osaka, stanchi per il lungo viaggio, decisero di riposarsi in una grotta, ignari del fatto che la grotta era abitata dalla tribù di Tsuchigumo, che era in realtà un enorme e mostruoso ragno.

Avendo intuito che la diplomazia non sarebbe stata utile con gli abitanti della grotta, decise invece di utilizzare uno stratagemma per uscirne vincitore.

Puntando sul fatto che il suo seguito fosse più raffinato rispetto ai capi clan della grotta, Jimmu si propose di offrire il banchetto. Facendo finta di volerli onorare, mise a disposizione di ogni capo clan uno dei suoi uomini, in modo tale che, per poterli servire al meglio, questi dovevano mettersi alle spalle degli ospiti. Quando Jimmu decise che era il momento di attaccare, iniziò ad intonare un canto popolare. Il canto in realtà era il segnale di attacco e allora i suoi uomini estrassero le spade e tagliarono le teste agli ospiti, mentre erano tutti presi dal banchetto.

Sempre guidato e protetto da Yagatarasu, infine Jimmu lanciò una spedizione militare da Hyuga, vicino al mare interno di Seto, e raggiunse la provincia di Yamato.

Giunto a Yamato, Jimmu si scontrò con il capo clan locale Nigihayahi No Mikoto e riuscì a sconfiggerlo. E fu così che Jimmu conquistò Yamato, facendola diventare la sede della corona imperiale.

Si narra inoltre che, giunta la sua fine, Jimmu decise che la sua tomba venisse collocata tra le montagne, vicino al monte Unebi, nella prefettura di Nara.

PARTE SECONDA: LA RELIGIONE, LE DIVINITA' E I DEMONI NELLA CULTURA E NELLA MITOLOGIA GIAPPONESE

SHINTOISMO E BUDDISMO

L'influenza della religione buddista ebbe un ruolo determinante nella formazione della mitologia giapponese.

Ma l'impatto fondamentale per la creazione della mitologia giapponese arriva dall'altra delle due religioni del paese: lo Shintoismo.

È infatti dall'influenza dello Shintoismo che si basano le due già citate raccolte fondamentali per la credenza giapponese: il Kojiki e il Nihonshoki.

Lo shintoismo è una religione politeista e prevalentemente animista. Alla base della religione c'è l'adorazione dei Kami, ovvero le divinità o spiriti naturali o semplicemente essenze spirituali.

Alcuni Kami sono legati a luoghi particolari, come per esempio il luogo di appartenenza. Altri rappresentano un evento speciale, o uno specifico oggetto o un evento naturale, come per esempio la dea del sole Amaterasu, di cui abbiamo già parlato in precedenza.

Tra i Kami, alcune volte, vengono annoverati anche gli eroi, i personaggi o gli antenati illustri che, essendo stati venerati post-mortem, vengono poi deificati.

La parola shinto fu introdotta in Giappone nel VI secolo, quando divenne necessario distinguere la religione locale da quella di recente importazione, quella buddista per l'appunto.

La religione buddista, tuttavia non penetrò nella fede del paese spazzando via la precedente religione, ma contribuì, al contrario, al suo consolidamento. Il buddismo, infatti, legittimò tutti gli dèi giapponesi, considerandoli come entità sovrannaturali che sono rimaste intrappolate nel ciclo della rinascita.

I KAMI

I Kami sono le entità spiritiche, le essenze divine che popolano tutto l'universo. Sono principalmente spiriti della natura e manifestano la loro essenza tramite la natura stessa.

Si dice che esistano otto milioni di Kami, che nella tradizione giapponese sta ad indicare l'infinito, un numero talmente grande che non può quindi essere compreso dall'intelletto umano.

Sono divinità trascendenti e sebbene siano intangibili, popolano l'intero universo.

I Kami possono essere elementi del paesaggio, forze della natura, elementi legati alla natura e al mondo animale e anche, come dicevamo in precedenza, spiriti di esseri umani venerati dopo la loro morte.

Molti Kami appartengono agli spiriti degli antenati di interi clan.

Secondo la tradizione, infatti, leader leggendari ed eroici come lo stesso imperatore, potevano divenire o addirittura già essere un Kami.

I Kami appartengono alla natura e di conseguenza non possono essere non legati ad essa.

I Kami possono essere sia buoni e magnanimi che cattivi e maliziosi.

Essi, inoltre, sono la manifestazione di Musubi, ovvero l'energia di interconnessione dell'universo, e sono ciò che dovrebbe essere preso come esempio e a cui l'umanità dovrebbe aspirare a diventare.

Si narra che i Kami vivano nascosti dal mondo umano, e passano tutta la loro esistenza in un mondo complementare e speculare al nostro.

Secondo le tradizioni antiche i Kami hanno 5 caratteristiche principali:

- I Kami posseggono due anime. Una gentile e l'altra risoluta e ferma, che sfocia spesso nella vendetta. Possono essere amabili e gentili se vengono rispettati, oppure possono creare distruzione e disaccordi se vengono ignorati.
- I Kami non sono visibili all'uomo. Di solito vivono in luoghi sacri, o si possono trovare nei fenomeni naturali o addirittura posseggono gli umani che chiedono il loro intervento durante particolari rituali sacri.
- Non hanno mai un luogo di dimora fisso. I Kami, infatti, visitano i luoghi dedicati al loro culto, ma non vi rimangono mai a lungo.

- Ci sono diverse varietà di Kami. Nel Kojiki, infatti, vengono elencate 300 diversi tipi differenti di Kami e tutti con funzioni diverse.

- Tutti i Kami hanno un diverso modo di interagire e dei doveri specifici nei confronti delle persone che li venerano e circondano.

Di seguito verranno elencati i Kami principali della tradizione giapponese

JIZO PROTETTORE DEI VIAGGIATORI E DEI BAMBINI

Statua raffigurante il Kami Jizo Bosatsu, protettore delle anime dei bambini e dei viaggiatori.

Jizo è il Kami giapponese noto come il protettore dei bambini, ma anche il Kami protettore degli esseri umani che intraprendono lunghi viaggi.

Il Kami di solito viene raffigurato in piedi, con un'espressione benevola e pacifica, gli occhi chiusi, e una collana di perle intorno al collo.

In altre raffigurazioni viene spesso raffigurato con un berretto fatto a mano posato sul capo.

Nella mano sinistra il Kami tiene un gioiello, noto con il nome di Mani, che si narra sia in grado di esaudire i desideri e nella mano destra tiene un bastone, noto con il nome di Shakujo. Il bastone che porta con sé è il tipico bastone che viene utilizzato dai monaci, con in cima sei anelli e i sonagli, che venivano utilizzati per avvisare insetti e piccoli animali del loro arrivo, in modo da non calpestarli inavvertitamente durante il loro cammino.

Questi Kami sono dei piccoli Bodhisattva, in pratica coloro che hanno raggiunto l'illuminazione ma che hanno rinunciato al Nirvana per aiutare gli esseri umani a redimersi.

Poiché è il Kami protettore dei viaggiatori, come abbiamo accennato in precedenza, tutte le strade giapponesi sono piene di statue raffiguranti Jizo. Lo si può trovare anche negli incroci, lungo le strade di campagna, o tra i confini di provincie o città oppure seduto in delle capanne di legno costruite appositamente per lui.

La funzione principale di questo Kami, però, consiste nel prendersi cura delle anime dei bambini, soprattutto delle anime dei bambini mai nati o morti durante il parto, o che sono morti in tenera età.

Si pensa infatti che le anime dei bambini morti vengano ammassate nel Sai No Kawara, il famoso fiume degli inferi, che rappresenta una sorta di limbo, e che i bambini non riescano ad attraversare il fiume per salire in cielo, perché i demoni impediscono loro il passaggio. I Jizo, per aiutare le anime dei bambini a salire sulla barca e attraversare il fiume, costruiscono delle torri con dei sassi. Ma i demoni puntualmente le distruggono. Così i Jizo con calma e pazienza ricominciano il lavoro.

Le milioni di statue di Jizo che adornano il paese, infatti, vengono donate e messe in strada dai genitori che hanno perso il loro bambini.

RAIJIN E FUJIN

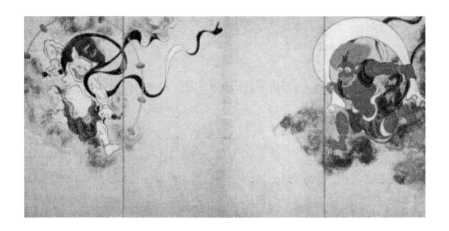

Immagine raffigurante il Kami delle tempeste Raijin e il Kami del vento, Fujin;

artista Tawaraya Sotastu

Raijin e Fujin sono rispettivamente i Kami delle tempeste e del vento.

Fujin, nonostante sia un Kami ha più l'aspetto di un Oni. Viene descritto come un essere dalla pelle verde e con gli occhi rossi di fuoco. Porta un'enorme sacca di vento sulle sue spalle, che viene tenuta ferma dal Kami con entrambe le mani.

Nel Kojiki si narra che Fujin inizialmente si chiamava Shinatsuiko, ed era nato direttamente da Izanami, che utilizzò il suo alito per disperdere le nubi che coprivano la terra.

Nell'alcova posta di fronte a Fujin troviamo Raijin, il dio delle tempeste, dai lampi, del tuono e dei fulmini.

Raijin viene indicato spesso come un Kami violento, con un potere terrificante che è in grado di provocare poderosi disastri.

La natura catastrofica di Raijin risale al periodo Heian, dove il Kami viene associato al culto dei Goryo, spiriti vendicativi di persone decedute violentemente a causa di complotti politici.

Secondo il mito anche Raijin è nato dalla coppia divina, creatrice della terra, Izanami e Izanagi.

AGYO E UNGYO

**Statue raffiguranti i due Kami guardiani dei templi
buddisti Agyo, a destra e Ungyo a sinistra**

Agyo e Ungyo sono i due terrificanti Kami incaricati di
salvaguardare il Buddha. Il Kami posto a destra è Agyo. Il

Kami è raffigurato con la bocca aperta e i denti scoperti. Tra le mani impugna una mazza da battaglia. Questo aspetto gli conferisce un'aura di potenza sovraumana. Altri elementi che caratterizzano questo Kami sono il bastone del fulmine e il simbolo del sole. Questi due elementi indicano l'impulsività e la forza donata dalla dea del sole Amaterasu, tipici di questo Kami.

Il Kami alla sinistra è Ungyo. Il Kami viene raffigurato con la bocca chiusa e le mani vuote. Questo sta ad indicare che Ungyo è talmente forte e potente che non ha bisogno né di urlare né dell'aiuto di una spada per poter sconfiggere i propri nemici.

I due Kami insieme rappresentano anche il principio e la fine di tutte le cose esistenti, la nascita e la morte.

INARI

**Immagine iconografica classica che mostra la dea Inari
che appare improvvisamente ad un guerriero**

Inari e il Kami della fertilità, del riso, dell'agricoltura, delle volpi e del successo terreno. La figura del Kami viene descritta in maniera diversa a seconda delle tradizioni. A volte infatti viene descritto come un Kami dal sesso maschile, altre volte femminile. Altre volte ancora è uno spirito del tutto androgino e si pensa che sia un insieme di tre o cinque Kami individuali, riuniti in un solo Kami.

Le figure più popolari, pervenuteci tramite l'iconografia giapponese, sono di solito un uomo anziano che porta del riso, o una giovane donna, di bell'aspetto e dai lunghi capelli neri che porta con sé del cibo.

Alcune volte, soprattutto secondo la tradizione shintoista, il Kami viene raffigurato come una volpe, animale con cui il Kami ha un legame particolare e profondo. Si narra infatti che le volpi bianche spesso siano le messaggere del Kami.

Inari può anche manifestarsi con la forma di un grosso drago o di un lungo serpente.

Uno dei più antichi santuari di Inari si trova nella parte sud-est di Kyoto ed è conosciuto come FushimiInari Taisha.

Il Kami viene festeggiato in un festival shintoista durante i primi giorni di primavera, giorni in cui, per l'appunto, inizia la coltivazione delle terre.

KANNON

Statua posta nel tempio Dojoji a Gobo, Watayama, raffigurante il kami della misericordia e compassione Kannon

Kannon è conosciuta come il Kami della compassione. È uno dei Kami più popolari, legata soprattutto al culto del Buddha, di cui porta sempre un'immagine sui capelli.

Anche questo Kami è un Bodhisattva, cioè un Kami che ha raggiunto il Nirvana ma che resta in terra per aiutare l'umanità a purificarsi.

Una delle statue più famose raffiguranti la dea è il Sendai Kannon, una statua dalle dimensioni enormi, si dice che sia alta almeno 100 metri, posta nella città di Sendai, capoluogo della prefettura di Miyagi.

BENZAITEN

**Iconografia classica raffigurante il Kami della saggezza
Benten**

Benzaiten, conosciuta anche con il nome di Benten, è il Kami della saggezza, dell'eloquenza, della longevità e della fine delle sofferenze.

In seguito, è stata anche venerata come la dea del matrimonio, della letteratura e della musica. Inoltre, è una delle sette dee della felicità.

Benten viene raffigurata solitamente fornita di quattro o otto braccia. Tutte le braccia di solito sono munite di un'arma.

In testa la dea porta una corona adornata con il gioiello Nyoishu, dal quale risale una fonte di luce che sormonta la testa della dea. In altre rappresentazioni la corona della Kamiè sormontata da un cigno. In altre ancora la corona è sormontata da una torre shinto, sopra la quale è attaccato un serpente bianco con il volto di un uomo anziano.

In altre versioni iconografiche Benten viene raffigurata mentre tiene in mano un liuto poiché viene anche considerata come il Kami della musica, della bellezza e dell'amore.

Secondo la mitologia giapponese Benten era la figlia del re Drago. Benten fu costretta dal padre a sposare un altro drago noto perché divorava bambini. Fu grazie all'amore della dea, che il drago si convertì e smise di rapire e divorare bambini.

GLI YOKAI

Il termine Yokai viene tradotto come "apparizione, spettro o demone". Gli Yokai, infatti sono degli esseri soprannaturali, molto noti nella mitologia giapponese.

Le caratteristiche specifiche degli Yokai sono varie e spaziano da quelli che sono considerati entità malevole e maliziose, che si ritenevano portatori di disgrazie e sfortuna, ad entità considerate più propizie, che si riteneva portassero fortuna e buona sorte a chi li incontrasse.

Ci sono quindi varie tipologie di Yokai, come le kitsune, per esempio, note per le loro tendenze malvage e maliziose, i Tengu e gli Oni entrambi noti per la loro malvagità, fino ad arrivare alla signora delle nevi, conosciuta come Yuki-onna.

Alcuni Yokai sono per metà umani e per metà animali, come i Tengu, il Kappa e la Nure-onna.

Come dicevamo prima, gli Yokai sono esseri che hanno poteri soprannaturali, le loro azioni hanno ragioni oscure e misteriose e sono quasi sempre pericolosi per gli esseri umani.

Nella tradizione giapponese gli Yokai sono spesso associati al fuoco, al nord-est e all'estate.

Gli Yokai possono essere divisi principalmente in:

- Yokai animali. Nella mitologia giapponese molti animali vengono considerati degli Yokai. Molti di questi sono Henge, cioè mutaforma, che molto spesso assumono le sembianze degli esseri umani per tirare brutti scherzi ai poveri malcapitati che li circondano. In molti casi la mutazione avviene quando l'animale ha raggiunto un'età veneranda come per esempio le kitsune, altre volte la figura mitologica di discosta totalmente dall'animale di cui prende la forma, come nel caso del Baku e del Muijina, e in altri casi ancora la figura mitologica assume solo delle caratteristiche dell'animale originale, come nel caso dei Tengu.

- Yokai di origine umana. Molti Yokai, prima di diventare tali erano in realtà degli esseri umani, che poi sono stati trasformati in esseri grotteschi e orripilanti per una causa molti spesso di origine emotiva. I più famosi di queste Yokai sono la Futacuchi-Onna, la donna con due bocche e rokuro-kubi, degli umani a cui si allunga il collo durante la notte.

- Yokai oggetti. Un'altra classe di Yokai, sono gli Tsukumogami, oggetti quotidiani che superati i 100 anni di esistenza iniziano a prendere vita. Il mostro più famoso e spaventoso di questo genere è il Karakasa, un parasole con un occhio solo.

Di seguito verranno elencate le categorie di Yokai più note della mitologia giapponese.

YUKI-ONNA LA DONNA DELLE NEVI

**Immagine raffigurante una donna delle nevi (Yuki-Onna).
L'immagine è una stampa di Toriyama Sekien**

Le Yuki-Onna sono certamente una delle categorie più note e
conosciute di Yokai.

La Yuki-Onna viene descritta come una bella donna, alta, con i capelli lunghi, dalla pelle eccessivamente pallida che a volte sembra quasi essere trasparente. Quando appare la notte, tra le distese di neve si confonde spesso con il paesaggio.

Talvolta indossa un kimono bianco ma la maggior parte delle leggende narrano che vaga completamente nuda.

Nonostante la sua bellezza inaudita, i suoi occhi provocano terrore negli esseri umani. L'altra cosa inquietante di questa creatura è che quando cammina sulla neve non lascia orme, poiché è sprovvista dei piedi.

La Yuki-Onna, se minacciate possono trasformarsi in nuvole di nebbia o in neve.

Per questo motivo la Yuki-Onna è associata all'inverno e alle tempeste di neve.

Secondo le origini, la Yuki-Onna era una donna che si è trasformata in una Yokai, dopo essere morta assiderata tra la neve.

Fino al XVIII secolo veniva descritta solo con connotazioni malvagie e vendicative. In tempi più recenti la sua figura è stata rivalutata, descrivendola con toni più umani.

In alcuni racconti le Yuki-Onna si manifestano ai viandanti intrappolati nelle bufere di neve e usano il loro alito gelido per ucciderli e congelare i loro cadavere. In altri racconti, si narra che conduce i viandanti fuori dal sentiero e li lascia morire assiderati.

Altre volte si manifestavano con un bambino tra le braccia e quando qualcuno si avvicinava per strapparle il bambino dalle braccia, rimaneva congelato. Le vittime predilette di questa tattica erano i genitori disperati che cercavano i loro figli dispersi nella neve.

In altri racconti, le Yuki-Onna, vengono descritte come esseri molto più crudeli e aggressive. Si narra infatti che invadevano le case delle loro vittime, spalancando le porte con una folata di vento e uccidendo i malcapitati nel sonno. Questo però può accadere solo se lo spirito fosse stato invitato, anche inavvertitamente, da uno degli abitanti della casa.

Gli scopi delle Yuki-Onna variano in base alle fonti da cui sono tratti i racconti. In alcuni racconti si narra che questa Yokai si accontenta anche solo della morte della vittima, in altri racconti si narra che ha atti di tipo vampiresco, privando le vittime del loro sangue o della loro forza vitale. In altri racconti, si narra che la Yuki-Onna, seduceva gli uomini o poi li congelava attraverso un bacio o un rapporto sessuale.

Nella prefettura di Tottori, si crede invece che la Yuki-Onna, viaggi assieme al vento e appaia poi come una lieve nevicata. Si dice che la Yokai urli nella notte chiedendo acqua calda o acqua fredda. Se i malcapitati per sbaglio le donano acqua fredda, allora questa diventa sempre più grande e potente, generando una bufera di neve. Se invece le viene data acqua calda, si scioglie e scompare per sempre.

Una leggenda popolare racconta la storia di un uomo, che riuscì a sfuggire ad una Yuki- Onna che sia era innamorata della sua bellezza e della sua giovane età. Prima di lasciarlo andare, però, gli fece promettere di non rivelare mai a nessuno quello che gli era successo. L'uomo si sposa e ha dei figli e giunto alla vecchiaia decise di confidare alla moglie quello che gli era successo quando era giovane. La moglie svela la sua vera identità e l'uomo scopre che, la moglie, in realtà non era altro che la Yuki-Onna che aveva incontrato da giovane. La Yuki-Onna, infuriata per l'affronto abbandonò l'uomo dicendogli che gli avrebbe risparmiato la vita solo per amore dei figli, ma, se mai avesse fatto del male ai figli, sarebbe tornata e si sarebbe vendicata.

LA KITSUNE O VOLPE A NOVE CODE

Stampa raffigurante il Principe Hanzoku, perseguitato da una Kitsune.

Stampa di Utagawa Kuniyoshi

La volpe a nove code è una creatura leggendaria che appare nei racconti folkloristici di varie zone dell'Asia orientale. In modo più specifico è citata nei racconti orali della Cina, della Corea e, per quanto riguarda appunto la trattazione di questo libro, in Giappone.

Le volpi, infatti, sono un soggetto ricorrente e di particolare rilevanza nei racconti folkloristici giapponesi. Radicate profondamente nel folklore giapponese, quindi, le volpi a nove code, appaiono in molte rappresentazioni teatrali e viene ancora oggi celebrata in moti matsuri, ossia i festival tradizionali giapponesi.

Secondo la mitologia giapponese, le volpi sono esseri straordinari, dotati di un'intelligenza fuori dall'ordinario, in grado di vivere a lungo e di acquisire, con l'avanzare degli anni, poteri sovrannaturali. Il principale di questi poteri sovrannaturali è quello di mutare il proprio aspetto e di assumere le sembianze umane. Sembra che, in modo particolare, esse riuscissero ad assumere le sembianze di giovani e belle donne.

Nella mitologia giapponese, la volpe a nove code viene conosciuta con il nome di **Kyūbi no Kitsune** o semplicemente **Kyūbi o Kitsune.**

Le Kitsune sono degli Yokai, **ovvero** delle entità spirituali. Ciò non implica che le Kitsune vengano descritte come fantasmi,

71

né che siano diverse dalle comuni volpi: la connotazione spirituale, in questo contesto, veniva utilizzato per sottolineare lo stato di conoscenza e di illuminazione tipico delle Kitsune.

Nella mitologia giapponese vengono, inoltre, rappresentate due tipi di Kitsune. Le prime sono chiamate zenco, e sono volpi celestiali e di natura benevola, associate al culto del dio Inari. Le seconde, conosciute con il nome yako, sono volpi di natura maliziosa e malvagia.

Più la Kitsune avanza con l'età più diventa saggia e potente. Sempre con l'aumentare degli anni, aumentano a loro volta il numero delle code, fino ad arrivare, per l'appunto, al numero massimo di nove code. Alcuni racconti popolari giapponesi, affermano che solo le volpi ultracentenarie possono aspirare ad avere il numero massimo di code. Inoltre, si narra che, una volta ottenuta la nona coda, anche il manto della Kitsune cambia, assumendo una colorazione bianca o dorata.

Alle Kitsune sono attribuiti numerosi poteri, come il kitsunetsuki, l'hoshi no tama, l'abilità di vedere qualsiasi cosa accada in ogni parte del mondo o onniscienza, e la capacità di mutare forma o abilità mutaforma. Tra le altre abilità descritte in molti racconti, ci sono la kitsunebi, ovvero la capacità di sputare fuoco dalla bocca o dalle code, il potere di entrare nei sogni delle persone, la capacità di rendersi invisibili e la capacità di creare illusioni complesse ed elaborate. Altri racconti, narrano che ci sono Kitsune, che possedevano poteri ancora più potenti, come per esempio modificare lo spazio-tempo oppure rendere le persone folli. Altre Kitsune erano capaci di assorbire l'energia vitale di altri esseri umani, attraverso i rapporti sessuali.

Per quanto riguarda la kitsunetsuki, la traduzione letterale del termine è, per l'appunto, "posseduto dalla volpe". Si credeva infatti che una volpe potesse possedere le persone, in modo particolare giovani donne, entrando nel corpo della vittima attraverso il petto o le unghie. La volpe si nutriva della forza vitale della vittima, vivendo all'interno del corpo della vittima stessa e senza avere nessuna relazione con la vita precedente della stessa vittima. In alcuni casi, si narrava che il volto dei posseduti mutasse leggermente la forma, in modo tale da ricordare il viso di una volpe. Inoltre, le persone analfabete, secondo la leggenda giapponese, acquistavano in maniera temporanea, la capacità di leggere e scrivere e mostravano una capacità culturale e intellettuale al di fuori della media.

Per liberare le vittime dalla possessione delle Kitsune veniva effettuato un esorcismo, che si svolgeva in un santuario del Kami Inari. Quando l'esorcismo falliva, o se non vi fosse stato la disponibilità di un sacerdote devoto ad Inari, allora si sarebbe ricorso spesso a metodi più estremi e brutali. Il posseduto, infatti, veniva spesso picchiato in maniera brutale, o addirittura arso vivo, sperando, in tal modo, di costringere la Kitsune ad andarsene e liberare il corpo della vittima.

Si narra inoltre, che le vittime liberate dalla possessione si rifiutavano categoricamente di mangiare qualsiasi tipo di cibo che era gradito alle volpi.

Per quanto riguarda la capacità di muta forme, si narra che le Kitsune avessero la capacità di cambiare forma e assumere sembianze umane. Questa capacità veniva acquisita dalla volpe una volta raggiunta una determinata età, che si aggirava all'incirca tra i 50 e i 100 anni. Per poter mutare forma, la Kitsune doveva posare sul proprio capo o una foglia di grandi dimensioni, o un teschio o delle canne di bambù. Tra le mutazioni più conosciute delle Kitsune troviamo uomini anziani, belle donne e giovani ragazze. Queste ultime due, come abbiamo già accennato in precedenza, sono le trasformazioni più frequenti e conosciute.

Nel Giappone Medievale, per esempio, si credeva che qualsiasi donna giovane o di bell'aspetto, che si aggirava di notte e senza una meta precisa, fosse in realtà una Kitsune.

Da questa abilità è nato il termine Kitsune-gao, che tradotto letteralmente significa "faccia da volpe". Le caratteristiche fisiche tipiche di chi assumeva questa forma, erano caratterizzate da forma affilata del viso, occhi ravvicinati, sopracciglia sottili e zigomi alti. In altre varianti dei racconti popolari, le Kitsune mantenevano delle caratteristiche o dei tratti tipici delle volpi, come ad esempio una sottile peluria sul corpo, oppure un riflesso o un'espressione del viso, che mostrava a tutti quale fosse la loro vera natura.

Per scovare la possessione di una Kitsune, si racconta, che esistessero vari metodi. Uno dei metodi era quello di cercarne la coda, in quanto, una volta assunte le sembianze umane, le volpi avevano grosse difficoltà a nasconderle. Un altro metodo era quello di mettere una sospetta Kitsune di fronte ad una persona particolarmente leale e di buon cuore. Si pensava infatti che, in alcuni casi, queste persone fossero capaci di percepire la vera essenza delle Kitsune e, di conseguenza, di smascherare la loro vera natura. Un altro metodo era quello di mettere la sospetta Kitsune di fronte a dei cani. Infatti, mentre si trovavano sotto forma umana, le Kitsune provavano astio e paura nei confronti dei cani, loro nemici naturali, tanto da essere costrette a riassumere la forma di volpe per potere fuggire.

Una delle Kitsune più famose della mitologia giapponese è Tamamo no Mae. La leggenda narra che questa Kitsune, cercò di uccidere l'imperatore Konoe per poi prenderne il posto, senza però riuscirci. Ma il suo tentativo, anche se non riuscito, scatenò vari conflitti che poi sfociarono in una vera e propria guerra civile conosciuta con il nome di Guerra Genpei. I clan coinvolti furono i Taira e Minamoto e la conseguenza del conflitto fu la nascita dello shogunato Kamakura.

I BAKENEKO

Stampa raffigurante un Bakeneko di Hyakkai-Zukan

I Bakeneko sono una categoria di Yokai che ha origine da un gatto e che ha abilità metamorfiche simili alle kitsune e ai tanuki.

Ci sono molte ragioni per cui si pensa che un gatto possa diventare un essere dai poteri soprannaturali. Tra queste ragioni ci sono la natura ambigua dei loro occhi che cambiano forma in base alla luce e il fatto che possono camminare senza fare alcun rumore. Inoltre, gli artigli affilati e i denti aguzzi, la loro velocità e la loro straordinaria agilità uniti al fatto di essere creature prevalentemente notturne, li rendono difficili da gestire e da controllare.

Secondo la tradizione, però, un gatto può diventare un Bakeneko solo se ha raggiunto una certa età o una certa grandezza.

Altre leggende narrano che alcuni Bakeneko sono diventati tali dopo essere stati cresciuti in una casa e, per il forte attaccamento ai loro padroni, sono tornati indietro dal regno dei morti.

Un Bakeneko ha di solito l'aspetto simile a quello di un comune gatto, anche se si differenzia da questo per le dimensioni. Ha inoltre la capacità di camminare sulle zampe posteriori, di creare sfere di fuoco e di assumere anche le sembianze umane, mantenendo però alcuni tratti tipici dei felini.

Possono anche pronunciare parole umane, maledire gli esseri umani, manipolare persone che non sono più in vita e anche nascondersi nelle montagne, per addestrare i lupi che poi portano con loro per attaccare gli esseri umani.

Se il felino muta la sua forma in una donna viene chiamato nekomusume che tradotto letteralmente significa appunto "donna gatto".

Alcune volte i Bakeneko, per assumere le sembianze umane, divorano le vittime e prendono il loro posto.

Una delle caratteristiche peculiari dei Bakeneko è quella di rubare l'olio dalle lampade. Questo atteggiamento veniva spiegato dal fatto che, molte lampade erano alimentate con olio di sardine e quindi, essendo gatti, ne erano attratti. Si narra anche che, se un gatto viene visto leccare l'olio della lampada, allora presto accadrà qualcosa di imprevedibile e misterioso.

Nel distretto di Yamagata, nella prefettura di Hiroshima, si pensa che un gatto allevato per più di sette anni dallo stesso padrone, si trasformerà in un Bakeneko e ucciderà chi lo ha allevato.

In altre regioni si pensa che un gatto brutalmente ucciso da un essere umano, possa diventare un Bakeneko e quindi tornare in vita per vendicarsi dell'essere umano che gli ha tolto la vita.

JOROGUMO

Stampa raffigurante una Jorogumo, di Toriyama Sekien

Le Jorogumo sono un altro famoso tipo di Yokai. Si dice che siano prevalentemente delle donne che assumono l'aspetto di un ragno, riuscendo a creare un esercito di piccoli ragni sputafuoco.

La leggenda delle Jorogumo nacque nel periodo Edo. Questa leggenda narra la storia di una bellissima donna che iniziò a suonare la biwa in maniera così coinvolgente da irretire l'uomo che le stava di fronte.

Egli rimase talmente incantato dal suono che proveniva dalla biwa che non si rese conto che la donna lo stava immobilizzando con la tela per poi portarlo via e utilizzarlo come pasto.

Quando un Jorogumo assume la forma definitiva e i pieni poteri, come narra questa storia, inizia a nutrirsi di carne umana. Le sue prede preferite sono uomini giovani in cerca di moglie.

Le Jorogumo posseggono un'intelligenza fuori dal comune, sangue freddo e sono spietate con le vittime.

Le loro abitazioni preferite, dove cercano spesso rifugio, sono foreste, caverne, montagne e case disabitate. Una volta che hanno scelto il loro rifugio sicuro, si offrono di dare ospitalità alle ignare vittime. Vittime che una volta entrate nel nido della Jorogumo non verranno mai più ritrovate.

Le vittime vengono prima immobilizzate attraverso la tela tramata dalla Jorogumo, successivamente vengono morse e quindi avvelenate con un veleno a lento rilascio, che piano piano debilita la vittima fino a portarla alla morte.

I KAMAITACHI

Stampa di un Kamaitachi tratto dal Kyoka Hyaku Monogatari

Anche i Kamaitachi sono degli Yokai. Generalmente vengono rappresentati come delle donnole dotati di artigli lunghi e affilati.

I Kamaitachi sono associati al vento e si narra che, la loro dimora naturale siano le montagne innevate e le zone che vengono colpite spesso da forti raffiche di vento.

In base alle provincie e alle zone di appartenenza del mito, ci sono diverse versioni per quanto riguarda le caratteristiche fisiche di questo demone. Ma la maggior parte sono d'accordo sul fatto che sia una donnola, che si muove ad una velocità non ordinaria, e che cavalca le raffiche di vento.

Altre leggende narrano che i Kamaitachi arrivino cavalcando i famosi Diavoli di Sabbia, che in realtà altro non sono che delle piccole trombe d'aria che durante il loro percorso sollevano sabbia e polvere.

Gli artigli gli servono per ferire le gambe dei malcapitati, che hanno la sfortuna di incontrare questa malvagia creatura lungo il loro cammino. Dopo aver ferito le vittime, il Kamaitachi scompare improvvisamente nel nulla. Inoltre, è talmente veloce nel colpire la vittima, che questo non si rende conto nemmeno dell'attacco. Finito l'attacco, infatti, si ritrova con una grossa ferita sanguinante, che però non provoca nessun tipo di dolore.

Secondo altre leggende la ferita non provoca il sanguinamento, ma un dolore lancinante che porta il malcapitato prima alla follia e poi alla morte.

Un'altra leggenda molto popolare, soprattutto famosa nelle zone di Mino e Hida, entrambe situate nella prefettura di Gifu, narra che ad attaccare siano in realtà tre donnole. La prima fa inciampare il malcapitato, la seconda gli provoca la terribile ferita e la terza la cura, utilizzando un unguento magico che rimargina la ferita e fa passare il dolore all'instante.

In altre zone del Giappone, soprattutto nelle zone della prefettura di Niigata, si narra invece che il Kamaitachi sia un singolo spirito molto aggressivo, talmente crudele che le sue vittime non riuscivano più a disfarsi di lui e che, incontrarlo durante il proprio cammino, significava morte certa.

Alcune leggende associano fortemente la figura dei Kamaitachi con i calendari. Infatti, in alcune storie si racconta che se si calpesta un calendario, probabilmente poco tempo dopo si avrà a che fare con un Kamaitachi. In altre leggende si narra che la cura per le ferite inferte da un Kamaitachi consiste nel bruciare un calendario e posare le ceneri sopra le ferite.

MUJINA

Stampa raffigurante un Muijina di Toriyama Sekien

Nella tradizione giapponese, con il termine Mujina si indicano gli animali conosciuti con il nome di tasso.

I Muijina, come le kitsune e i tanuki, sono prevalentemente dei mutaforma, che sfruttano le loro abilità nel cambiare aspetto, per ingannare gli esseri umani.

La forma di solito preferita dai Mujina è quella di una bellissima donna, che spinge gli uomini che la incontrano a fare malvagità o a combinare un sacco di guai.

Altre volte, quando sanno di non essere visti da nessuno, si trasformano in ragazzini che iniziano a danzare e a cantare per le strade. Se vengono avvicinati, questi ragazzetti fuggono nell'oscurità e si ritrasformano nella loro forma originale.

Un'altra versione molto popolare dei Mujina è quella in cui prendono le sembianze di un essere umano ma in realtà sono sprovvisti del volto. Quando assumono questa forma, si narra che lo facciano per spaventare gli esseri umani che si addentrano nelle montagne. In questo modo fanno fuggire via gli stolti e loro possono tranquillamente vivere in pace.

Vengono anche descritti come piccoli animali pelosi ma terrificanti, ma che in realtà non sono né malvagi né violenti.

Solitamente tirano brutti scherzi, come abbiamo già detto in precedenza, e i loro bersagli prediletti, per questi scherzi, di solito sono le persone malvagie. Le persone malvagie, infatti, vengono prese di mira e tormentate fino al punto in cui vengono portate dai Mujina a fare la figura degli idioti davanti a tutti.

Se scoperti però, i Mujina riassumono immediatamente la loro forma originale.

Generalmente i Mujina vivono nelle montagne, isolati e soprattutto lontani dalla presenza degli esseri umani. Sono molto timidi e come abbiamo già detto non amano le interazioni con gli umani. I pochi di loro che vengono a contatto con gli esseri umani, fanno di tutto per non essere scoperti.

TANUKI

**Stampa iconografica di un tipico Tanuki dell'artista
Tsukioka Yoshitoshi**

I Tanuki sono degli Yokai che dall'aspetto sono simili ai cani procione, animali molto comuni del sud est asiatico, con l'aspetto simile ai procioni.

Secondo la mitologia giapponese i Tanuki sono spiriti maliziosi e scherzosi, abili nel travestimento ed esperti mutaforma, ma anche ingenui e distratti.

Le immagini che ci sono pervenute dei Tanuki mostrano questi piccoli animali con enormi testicoli, grandi quasi quanto loro stessi, che spesso posano sulle spalle e si narra che, li utilizzassero per suonarli come se fossero dei tamburi.

In altre immagini invece i Tanuki sono rappresentati con una pancia enorme, anche questa utilizzata per suonarla come fosse un tamburo.

Durante le epoche Kamakura e Muromachi, le leggende narrate con protagonisti i Tanuki, iniziano a cambiare e a descrivere questi spiriti come malvagi e sinistri. Una delle storie più famose, che vedremo in seguito, è quella nota con il nome Katchi-Katchi-Yama dove vengono descritti i Tanuki in tutta la loro crudeltà e malvagità.

Si crede inoltre che in diversi templi i monaci siano in realtà Tanuki reincarnati.

Di solito però, ciò che viene tramutato in Tanuki sono gli oggetti antichi che hanno superato i 100 anni di esistenza.

Altre leggende narrano che i Tanuki ingannano gli avari e i mercanti camuffando le foglie in banconote. Quando gli avidi prendono le banconote, queste ritornano alla loro forma originale lasciando i malcapitati con l'amaro in bocca. Molti racconti infatti asseriscono che la forma con cui i Tanuki mutano di sovente è quello della foglia.

NURE ONNA

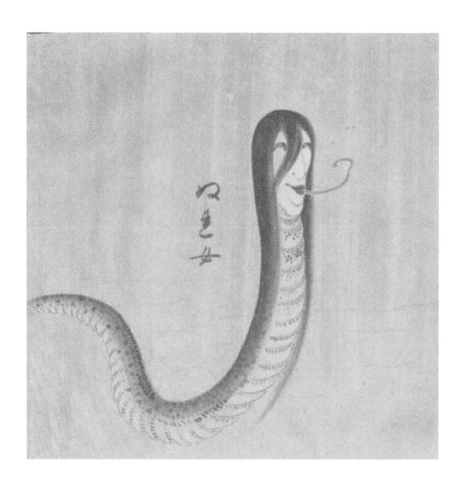

**Immagine raffigurante una Nure Onna dell'artista
Bakemono-No-E**

La Nure Onna nella mitologia giapponese viene descritta come un lungo serpente, che alle volte raggiunge le dimensioni di 300 metri, con la testa di una giovane donna.

La Nure Onna, utilizza il suo bel viso, e i suoi bei capelli lunghi e neri, per attirare i bagnanti all'interno delle acque e fare di loro le sue prede.

Si narra che si aggiri di notte lungo le spiagge, e nonostante le sue lunghe dimensioni c'è chi dice di averle anche avvistate in piccoli torrenti on in piccole pozze d'acqua.

Per attirare le sue vittime è solita far emergere dalle acque solo il bel viso e i lunghi capelli e molte volte le braccia, che vengono agitate convulsivamente, in modo tale da sembrare una giovane fanciulla che sta annegando e che quindi ha bisogno di aiuto.

Quando il malcapitato si avvicina, la Nure Onna allora emerge totalmente dalle acque e trascina la povera vittima nelle profondità.

Altri racconti narrano invece che le vittime, appena si avvicinano alla Nure Onna, vengono immediatamente paralizzati dal suo sguardo.

In altre versioni ancora si narra che utilizza i suoi lunghi denti per succhiare il sangue del malcapitato che le si para a tiro.

In un'altra versione c'è chi dice di aver avvistato una Nure Onna girare sola con quello che sembra essere un bambino in fasce, utilizzato appunto per farsi avvicinare dalle sue prede. Se il malcapitato si offre di tenere il bambino, allora la Nure Onna risparmia la vittima. Al contrario, se la vittima cerca di capire cosa si nasconde dietro le fasce, allora il bambino diventa pesante come un macigno, impedendo così alla vittima di fuggire, e a questo punto viene attaccato e ucciso.

Un altro racconto narra invece che le Nure Onna sono solo delle donne serpente solitarie, intente solo a lavarsi i capelli e totalmente innocue tranne nel momento in cui vengono attaccate o perseguitate.

I TENGU

Stampa raffigurante un Tengu e un Monaco Buddista di Kawanabe Kyosai

I Tengu sono creature mitologiche legate allo shintoismo. Sono le creature più antiche e strane della mitologia giapponese. Anche i Tengu sono degli Yokai.

Alcune leggende narrano che discendo direttamente dal dio del vento Susano-O.

I Tengu assumono varie forme ma quasi sempre vengono descritti allo stesso modo: sono rappresentati come uomini uccello, dotati di un lungo naso o molte volte direttamente di un becco, ali sulla testa e capelli rossi. Il colore del volto può essere verde, rosso o nero, mentre orecchie e capelli sono di solito di origine umana. Le ali e il corpo sono ricoperti di piume, e le ali di solito battono velocemente come quelle dei colibrì.

Anche se hanno le ali e possono volare spesso utilizzano un'altra delle loro caratteristiche peculiari per spostarsi: il teletrasporto.

Portano spesso dietro o un bastone o un martellino.

Secondo alcune leggende hanno dei ventagli fatti di piume e foglie e li usano o per controllare la lunghezza del naso o per scatenare forti raffiche di vento.

I Tengu si possono trasformare sia in animali che in esseri umani, anche se mantengono spesso alcune caratteristiche tipiche del loro aspetto naturale.

Per quanto riguarda l'abbigliamento, i Tengu vengono sono ritratti vestiti come eremiti di montagna o come monaci buddisti o shintoisti.

I Tengu vivono abitualmente nelle montagne e preferiscono le foreste fitte di alberi, soprattutto di pini. Sono associati prevalentemente ai monti Takao e Kurama.

I Tengu sono descritti come creature capricciose e possono essere sia buoni che cattivi. Sono orgogliosi, vendicativi, facili all'ira. Sono inoltre intolleranti verso gli esseri umani dediti alla blasfemia e arroganti, verso coloro che abusano del loro potere per tornaconti personali e ai piromani che appiccano gli incendi nelle foreste abitate dai Tengu. Secondo alcuni racconti, molte persone arroganti, dopo la morte si trasformano in un Tengu.

Molte volte si divertono a fare scherzi pesanti come appiccare incendi nelle foreste o nei santuari. Altre volte si narra che mangiassero gli esseri umani.

Una volta individuata una vittima e averne conquistata la fiducia i Tengu si divertono a giocare con la malcapitata preda, come per esempio fare vivere incubi e illusioni terrificanti oppure facendoli fluttuare in aria.

Un'altra tecnica dei Tengu è quella di rapire le vittime e poi farle risvegliare lontano dal loro luogo di appartenenza senza che questi abbiano memoria né di cosa sia successo né di come sia arrivata in quel luogo.

Altre credenze dicono che il rapimento dei bambini, soprattutto se poi ritrovati in stato confusionali, sono opera dei Tengu.

I Tengu possono anche comunicare telepaticamente con gli esseri umani e sono spesso responsabili di possessione demoniaca e controllo mentale.

I Tengu sono esperti di arti marziali, tattica di guerra ed esperti di armi. A volte insegnano le loro tecniche ad alcuni esseri umani. Una leggenda narra infatti che l'eroe Minamoto-No-Yoshitune imparò la tecnica del kenjutsu, direttamente dal re dei Tengu Sojobo.

I Tengu non sono esseri immortali e se feriti possono scappare incarnandosi in un uccello, molto soventemente un corvo, e riescono a fuggire via.

GLI ONI

Stampa raffigurante due Oni dell'artista Katshushika Hokusai

Gli Oni sono creature mitologiche legate al buddismo. Sono molto simili ai demoni o agli orchi tipici della mitologia occidentale. Anche gli Oni appartengono alla categoria degli Yokai.

La descrizione degli Oni varia da racconto a racconto, ma generalmente vengono descritti come creature gigantesche, dall'aspetto mostruoso, artigli taglienti, capelli selvaggi e due lunghe corna poste agli angoli della fronte.

Il resto del corpo è simile a quello di un umano, ma con occhi e dita delle mani e dei piedi enormi.

Il colore della loro pelle può essere di vari colori ma i colori più caratteristici sono rosa, verde, rosso, blu e nero.

L'aspetto mostruoso e terrorizzante di questi esseri è accentuato dalla pelle di tigre che indossano come veste e dalla mazza, conosciuta con il nome di kanabo, con cui si accompagnano.

Inizialmente gli Oni erano descritti come creature benevole, responsabili di tenere alla larga gli spiriti maligni e di punire i malfattori.

Durante l'era Heian, dopo che il buddismo giapponese aveva importato la demonologia indiana nel paese, gli Oni vennero mutati in demoni diventando i guardiani degli inferi e torturatori delle anime dannate.

Ben presto la loro natura malvagia divenne predominante nella mitologia giapponese, facendo sì che gli Oni venissero addirittura considerati come portatori di calamità.

Vennero quindi descritti come portatori di pestilenza, come spiriti associati ai morti, alla vendetta e alla carestia.

I KAPPA

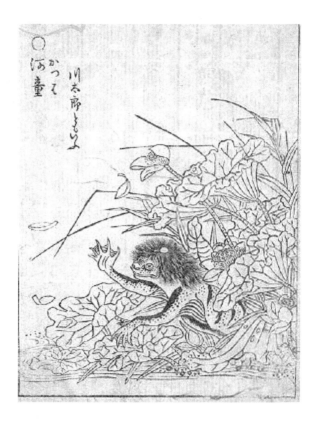

Stampa del 1700 raffigurante un Kappa

I Kappa, conosciuti anche con il nome di Kawataro o Kawako, sono creature leggendarie e molto conosciute nella mitologia giapponese. Appartengono alla categoria degli Yokai e sono spiriti che vivono nei laghi, nei fiumi e negli stagni.

I Kappa venivano usati dai genitori per spaventare e mettere in guardia i propri figli dai pericoli che si nascondono nelle acque.

La maggior parte delle leggende narrano che i Kappa sono simili agli umani, più precisamente simili ai bambini, anche se il loro corpo sembra essere più simile a quello delle scimmie o delle rane. Alcune leggende narrano che il loro volto è simile a quello dei gorilla, mentre altre li descrivono con un viso adornato da una sorta di becco, simile a quello delle tartarughe.

Generalmente, dalle illustrazioni che ci sono pervenute, la maggior parte dei Kappa vengono dipinti provvisti di gusci simili a quelli delle tartarughe, con la pelle ricoperta di squame, con colorazione della pelle che va dal verde, al giallo al blu.

Essendo creature che abitavano luoghi ricoperti dalle acque, avevano il corpo provvisto di alcune caratteristiche che li aiutavano a sopravvivere in questi luoghi come, per esempio, le mani e i piedi palmati.

Si raccontava che fossero abili nuotatori e che sovente puzzassero di pesce.

Nonostante le descrizioni diverse di questi esseri, ognuno di loro ha una caratteristica che li accomuna tutti: un solco sulla testa che è pieno d'acqua. Questo solco è circondato da capelli corti e ispidi.

I Kappa traggono la loro straordinaria forza da questo solco che hanno in testa. Infatti, per sconfiggerli bastava costringere i Kappa a rovesciare l'acqua presente in questo solco. Un metodo sicuro per riuscire nell'impresa era costringere i Kappa ad appellarsi alle buone maniere, e quindi fargli fare un profondo inchino come saluto. In questo modo i Kappa avrebbero svuotato la riserva di acqua presente nel solco e si sarebbero, di conseguenza, indeboliti talmente tanto da rischiare di morire. Altre leggende narrano che l'acqua presente nel solco serva ai kappa per muoversi sulla terraferma e, quindi, una volta svuotata, avrebbero perso la capacità di muoversi e rimanevano immobilizzati.

Per quanto riguarda il comportamento dei Kappa, questi vengono descritti come maliziosi, dispettosi e dei veri e propri combinaguai.

I loro dispetti andavano da innocenti scherzi come, per esempio, fare delle rumorose flatulenze, oppure guardare sotto i kimono delle donne a quelli più cattivi e malvagi come per esempio, rubare il raccolto, rubare i bambini o stuprare le donne.

I bambini sono il loro pasto preferito anche se, alcune leggende narrano che non disprezzano mangiare anche gli adulti.

In alcuni villaggi giapponesi, vengono addirittura messi dei cartelli, vicino ai corsi di acqua, per segnalare la presenza di Kappa.

Si narra inoltre, che i Kappa essendo creature acquatiche, abbiano come nemico naturale il fuoco. Per questo motivo, alcuni villaggi tengono un festival di fuochi di artificio ogni anno, in modo tale da spaventarli e tenerli lontani.

Come dicevamo in precedenza, l'unico modo per sconfiggere un Kappa era fargli versare l'acqua contenuta nel solco che avevano sopra la nuca. L'unico modo per sopravvivere per un Kappa era quello di riempire nuovamente il solco con l'acqua. Si credeva che se a riempire questa sorta di boccia fosse un essere umano, allora il Kappa gli sarebbe stato riconoscente e lo avrebbe servito per l'eternità.

I Kappa non sono molto differenti dagli esseri umani. Sono infatti molto incuriositi dalla civiltà in evoluzione e parlano perfettamente il giapponese. Sono molto intelligenti e spesso sfidano gli umani che incontrano in veri e propri test di abilità come, per esempio, lo shogi, che è un gioco simile agli scacchi.

Possono anche stringere amicizia con gli esseri umani, ottenendo i loro favori offrendogli dei cetrioli o altro cibo di cui sono ghiotti. Utilizzando questa ghiottoneria, molti genitori giapponesi, usano incidere i loro nomi e quelli dei figli nei cetrioli. Lasciano poi i cetrioli andare in fondo alle acque, sperando così di ingraziarsi i Kappa e poter fare il bagno in tranquillità in quelle acque.

Quando stringono amicizia con un essere umano, i Kappa, iniziano ad eseguire diversi compiti per gli esseri umani. Inoltre, essendo profondi conoscitori della medicina, hanno insegnato questa loro dote ai loro amici umani.

A causa però dell'attaccamento al decoro e alla parola data, molti Kappa vengono sfruttati dagli esseri umani per scopi non proprio benevoli.

Sulla nascita dei kappa ci sono molte leggende. Una di queste è collegata all'antica pratica di far galleggiare i feti nati morti lungo i fiumi e i torrenti.

Altre leggende legano la nascita dei kappa alla veste dei monaci portoghesi che giunsero in Giappone nel XVI secolo.

L'ipotesi più accertata sembrerebbe essere quella legata ad una malattia infantile chiamata ittiosi Arlecchino, malattia molto comune in Asia. Questo spiegherebbe anche l'aspetto dei kappa, ricoperti di squame e con il guscio rotto, tendente a ricordare le caratteristiche tipiche di questa malattia.

STORIE LEGATE AGLI DÈI E AI DEMONI

LA STORIA DI KATCHI-KATCHI-YAMA

**Stampa raffigurante il coniglio che ottiene la sua vendetta
sul tanuki, dipinto tra il 1890 e il 1900**

La storia del Katchi-Katchi-Yama è la storia di un Tanuki che, a dispetto delle credenze popolari più diffuse che descrivono come spiriti allegri e gioviali, è un essere malvagio e dalla crudeltà che va oltre l'immaginario.

Secondo la versione più nota di questa storia, un uomo, aveva trovato un fastidioso Tanuki che girovagava tra i suoi campi.

Lo catturò e lo legò ad un albero con l'intento, in seguito di ucciderlo per poi cucinarlo e mangiarlo.

L'uomo si dovette assentare per motivi di lavoro e lasciò sola in casa la moglie, con il tanuki ancora legato all'albero.

La moglie dell'uomo stava cucinando dei mochi e il buon profumo giunse fino al naso del Tanuki.

Il Tanuki allora si mise a piangere e a pregare l'anziana donna di liberarlo, con la promessa che non solo non le avrebbe fatto del male, ma anzi l'avrebbe anche aiutata a cucinare. La moglie impietosita dalle suppliche si lasciò convincere e liberò il Tanuki. Il Tanuki si scagliò improvvisamente sulla donna e la uccise rapidamente e la fece a pezzettini. Utilizzando le sue doti di mutaforma il Tanuki prese le sembianze dell'anziana donna. Iniziò a cucinare e fece una zuppa utilizzando la carne dell'anziana donna morta.

Appena l'uomo tornò a casa, il Tanuki, sempre con le sembianze della moglie, gli servì la zuppa e con tono scherzoso gli disse che era zuppa di vecchia. Dopo che l'uomo mangiò con gusto tutta la zuppa, ignaro che l'ingrediente principale fosse la moglie, il Tanuki riprese le sue sembianze originali e rivelò tutta la verità al povero uomo. Poi il Tanuki fuggì e sparì nel nulla lasciando il povero uomo disgustato e disperato per quello che era successo. L'uomo e la moglie, quando era ancora in vita, erano ottimi amici di un coniglio che viveva nelle vicinanze.

Il coniglio, sentendo le urla disperate dell'amico gli si avvicinò e gli chiese cosa fosse accaduto.

Dopo aver raccontato tutto, il coniglio promise all'uomo che avrebbe trovato il Tanuki e che avrebbe vendicato la morte della moglie del suo caro amico.

Quando il coniglio trovò il Tanuki, inizialmente, per acquistare la sua fiducia, si finse suo amico. Ma in seguito il coniglio iniziò a torturare il Tanuki in tutti i modi possibili.

Una delle torture inflitte dal coniglio al Tanuki è quella che dà il nome alla storia. Il Tanuki fu mandato dal coniglio a raccogliere la legna per accendere il fuoco per la notte. Il coniglio lo fece caricare talmente tanto con la legna che non si accorse che la legna, accesa dall'astuto coniglio, iniziava ad ardere proprio sulla sua schiena.

Il Tanuki allora domandò al coniglio cosa fosse quel rumore che sentiva così vicino alle sue orecchie. Il coniglio rispose che era il Katchi-Katchi-Yama e poiché non erano lontani, quello era il motivo per cui riuscivano a sentirlo così distintamente. In realtà il rumore che sentiva era la legna che ardeva sulla sua schiena e che ben presto gli bruciò la stessa schiena.

Alla fine, stanco delle torture, il Tanuki sfidò il coniglio in una gara di vita o morte. La sfida consisteva nel costruire due barche e poi correre lungo il lago e saltare all'interno della barca per non annegare.

Il coniglio costruì la sua barca utilizzando il tronco di un albero, mentre lo sciocco Tanuki, credendosi più astuto, costruì la sua barca utilizzando del fango.

Lasciarono andare le imbarcazioni al largo e iniziarono a correre. Il tanuki sembrava in vantaggio ma quando entrò nella sua imbarcazione, questa essendo fatta di fango iniziò a dissolversi nell'acqua e il Tanuki piano piano iniziò ad andare a fondo.

Mentre stava annegando, il coniglio rivelò chi fosse in realtà e gli disse che la sua morte era la giusta punizione per quello che aveva fatto ai suoi cari amici.

Dopo che il Tanuki si perse nelle profondità del lago, il coniglio tornò a casa e comunicò al suo caro amico che la vendetta era stata portata a termine.

L'uomo ringraziò l'amico per quello che aveva fatto per lui, ma il suo cuore rimase inconsolabile per la brutta fine che aveva fatto la moglie.

LA STORIA DI TAMAMO NO MAE

Xilografia della Kitsune Tamamo No Mae, artista Tsukioka Yoshitoshi

Come abbiamo accennato in precedenza, la storia di Tamamo No Mae è una delle storie di Kitsune più conosciute in Giappone.

Tamamo No Mae era nata in Cina e dopo la morte dell'imperatore Zhou, fu costretta a fuggire e a nascondersi.

In seguito, nel 600 per la precisione, dopo essere rimasta nascosta per secoli, incontrò lungo il suo cammino una delegazione giapponese giunta in visita alla corte dell'imperatore Tang.

Poiché Tamamo aveva raggiunto un'età veneranda, alle sue otto code precedenti si aggiunse la nona coda, in più il manto della sua pelliccia era diventato il colore dell'oro e il suo muso era di un bianco talmente candido da sembrare neve.

Tamamo non appena vide la delegazione iniziò a pensare ad un modo per aggregarsi alla delegazione e a come portare scompiglio in un altro paese.

Prese allora le sembianze di una ragazzina e pregò la delegazione di portarla con loro, promettendo che si sarebbe resa utile lavorando come serva.

La leggenda narra che giunta in Giappone, Tamamo svolse in tranquillità le sue mansioni e per secoli se ne stette buona e tranquilla senza creare danni di alcuna sorta.

Fu alla fine del 900 e l'inizio dell'anno 1000 d.C. che le cose iniziarono a cambiare.

Allora decise di trasformarsi in una bambina in fasce abbandonata sul ciglio della strada. Venne subito trovata da una coppia che la crebbero come se fosse una loro figlia, e la chiamarono Mizukume.

La bambina fu una gioia per i suoi nuovi genitori poiché cresceva sana, forte, bella e piena di talento. Quando ebbe l'età di sette anni, fu scelta per leggere una poesia all'imperatore e questi ne rimase incantato. L'imperatore decise quindi di inserirla a corte, per istruirla secondo la tradizione imperiale.

Mizukume era appassionata a tutte le materie che le venivano impartite e, ben presto, si rivelò talmente intelligente da sapere molte più cose persino degli stessi insegnanti.

Quando compì i 18 anni la corte organizzò una festa talmente sfarzosa, che venne addirittura allestito un intero spettacolo per festeggiarla.

Durante i festeggiamenti accadde qualcosa di inaspettato. Un forte vento spense tutte le candele e nel buio più totale, la figura di Mizukume emanava una luce forte e intensa. La gente presente non immaginava quale fosse il reale motivo di quella manifestazione, e si convinsero che Mizukume fosse una divinità celeste, visto che in Giappone non era mai esistita una ragazza così bella e intelligente.

Fu in questa occasione che decisero quindi di cambiarle il nome e darle quello con cui è ancora oggi conosciuta: Tamamo No Mae che tradotto letteralmente vuol dire "signora del gioiello luminoso".

La sua fama e la sua bella figura non passarono di certo inosservate e ben presto, l'imperatore Toba si innamorò di lei e volle assolutamente sposarla.

Poco tempo dopo il matrimonio con Tamamo, l'imperatore Toba si ammalò gravemente di una malattia talmente strana, e nessuna cura sembrava poter dare sollievo al malcapitato.

Non trovando nessuna cura tangibile allora decisero di chiamare il saggio indovino di corte Abe No Seimei. Essendo un discendente di una Kitsune, l'indovino si accorse subito che l'imperatore si era ammalato per cause non naturali.

Cercò quindi di mettere alle strette Tamamo, convincendo la corte a praticare un rito di purificazione dagli spiriti maligni.

Inizialmente Tamamo si rifiutò, ma cercarono di dissuaderla dicendole che il rito era necessario per salvare la vita al marito e di conseguenza per salvare l'impero.

A quel punto Tamamo, per non destare troppi sospetti, accettò di compiere il rito e si presentò al tempio.

L'astuta Kitsune però, prima che il rito iniziasse, scomparve nel nulla, rendendo così nota a tutti la sua vera natura.

L'imperatore ordinò al suo esercito di trovare Tamamo e ucciderla.

Nonostante non fu facile trovare la Kitsune, e nonostante Tamamo supplicò il generale incaricato di ucciderla di risparmiarle la vita, la Kitsune venne alla fine trovata e braccata.

Tamamo cercò di ripararsi dietro una grossa pietra, ma i soldati imperiali la raggiunsero e la uccisero, macchiando con il suo sangue la roccia dove aveva trovato riparo.

Nonostante Tamamo fosse stata uccisa, poco tempo dopo la sua morte, morì anche l'imperatore e, ben presto, si ammalò anche il figlio erede al trono, l'imperatore Konoe.

Konoe alla fine morì a sua volta senza lasciare eredi. A causa di questa vicenda i vari clan, per accaparrarsi il trono iniziarono una sanguinosa guerra civile che sfociò nella famosa guerra di Genpei. Questa guerra portò una grave crisi politica ed economica che finì con il mettere il paese nelle mani dell'esercito.

Gli shogun quindi saliti al potere tennero per secoli il paese sotto una ferrea dittatura militare. Tutte queste disgrazie sono frutto, secondo i racconti popolari, della malasorte che Tamamo No Mae si portava dietro e che si è acutizzata con la sua morte.

Infatti, si riteneva che Tamamo non fosse del tutto morta, ma che la sua anima, attraverso il sangue versato, si era rifugiata nella roccia dove si era nascosta. Per questo motivo il paese visse interi secoli di distruzioni e devastazioni.

Un giorno però un monaco di nome Genno passò nei pressi della roccia e si rese subito conto che la roccia era maledetta. Infatti, qualsiasi creatura vivente le si avvicinava moriva all'istante.

Improvvisamente apparve dal nulla una donna e raccontò al monaco viandante tutta la storia di Tamamo, poi scomparve nel nulla. Allora il monaco capì che la donna in realtà altri non era che la Kitsune. Fece un rito per richiamare lo spirito e riuscì, tramite gli insegnamenti del Buddha, a redimere Tamamo.

Prese poi un martello e fece in mille pezzi la roccia. Così l'anima di Tamamo fu finalmente libera e il paese tornò a rifiorire.

LA STORIA DELLA TEIERA FORTUNATA

Si narra che molto tempo fa, in un tempio chiamato Morinji e situato nella provincia di Joshiu, c'era un monaco che possedeva una vecchia teiera.

Un giorno, il monaco decise di utilizzare la teiera per prepararsi un tè. Con suo grande stupore, però, mentre stava per metterla sul fuoco, improvvisamente dalla teiera sbucarono fuori le zampe, la coda e il muso di un tasso. Infine, l'intera teiera si trasformò nel corpo peloso del tasso.

Allora il monaco chiamò a raccolta tutti i novizi. E mentre stavano lì, con immenso stupore, e proponendo ognuno una soluzione diversa, il tasso iniziò a svolazzare per tutta la stanza.

Allora il monaco e i novizi iniziarono ad inseguirlo per tutta la stanza, senza grande successo. Alla fine, riuscirono comunque a prenderlo, trattenendolo tutti assieme e con tutta la forza possibile per non farlo fuggire nuovamente.

Obbligarono quindi il tasso ad entrare in una scatola, e decisero di portarlo via e gettarlo in un luogo lontano, in modo da non essere più infastiditi da quello strano animale.

Il calderaio che lavorava presso il monastero iniziò a chiamare a gran voce i monaci. Il monaco rispose al richiamo e, pensando che gettare via la teiera senza niente in cambio fosse peccato, decise di venderla proprio al calderaio.

Allora aprì la scatola e vide che la teiera aveva assunto la forma originaria. Quindi la mostrò al calderaio.

Quando il calderaio vide la teiera ne fu talmente colpito che offrì 20 pezzi di rame. Allora il monaco accettò di buon cuore sia per le monete, sia per essersi liberato da quell'oggetto alquanto ingombrante.

Il calderaio allora si incamminò verso casa, felicissimo per il suo nuovo acquisto.

La notte stessa in cui comprò la teiera, mentre era coricato nel suo letto, improvvisamente il calderaio udì uno strano rumore, provenire proprio di fianco al letto. Allora sbirciò da sotto le coperte e vide che la teiera che aveva comprato, improvvisamente si era ricoperta di peli. Dopo un po' l'ammasso di peli iniziò anche a camminare avanti e indietro.

All'improvviso l'ammasso di pelo riassunse la forma originale, cioè quella della teiera e il calderaio fu preso dal terrore.

La storia si ripetette per un po' di notti, quando il calderaio, preso dallo sconforto, decise di far vedere la teiera ad un amico.

L'amico rispose che quella era sicuramente una teiera miracolosa e porta fortuna e che, se avesse voluto, avrebbe potuto farla cantare, danzare e camminare addirittura su una fune.

Il calderaio accettò il consiglio dell'amico e prese accordi con un impresario per far esibire la sua magica teiera. Venne allestito uno spettacolo che ebbe talmente tanto successo, che persino i principi della regione ingaggiarono il calderaio per allestire nei loro palazzi lo spettacolo della teiera.

Fu così che il calderaio divenne ricco al di fuori di ogni immaginazione. Diventò così ricco che alla fine decise di riportare la teiera al tempio dove l'aveva acquistata, dove in seguito fu conservata e venerata come una reliquia.

LA STORIA DELLA RAGNATELA DELLE CASCATE

La storia è quella di una Jorogumo, che era la padrona delle cascate Joren.

Un giorno un uomo, mentre stava passeggiando nei boschi, finì per ritrovarsi di fronte alla foce delle cascate di Joren.

Stanco per il lungo cammino decise allora di riposarsi proprio in quel punto. Improvvisamente si trovò i piedi ricoperti da tante piccole ragnatele, che di fatto gli impedivano di muoversi.

Tagliò le ragnatele per riuscire a liberarsi e le avvolse tutte attorno al tronco di un albero.

La gente sentendo lo strano racconto dell'uomo, per paura, aveva iniziato a stare alla larga dalle cascate.

Accadde però che un taglialegna, che non aveva sentito parlare di questa storia, andò proprio alle cascate di Joren, e iniziò a raccogliere la legna e a tagliare i rami degli alberi.

Improvvisamente l'ascia gli sfuggì di mano e finì all'interno delle acque. Allora lui cercò di andare a recuperarla ma gli si parò davanti una donna dall'aspetto incantevole. La donna gli diede indietro l'ascia e gli fece promettere di non raccontare ad anima viva del loro incontro.

Una notte l'uomo si ubriacò talmente tanto da dimenticare la promessa fatta e raccontò a tutti quelli che incontrava dell'apparizione alle cascate.

L'uomo poi tornò a casa ma quando lo andarono a cercare il mattino seguente, l'uomo era svanito nel nulla.

PARTE TERZA: STORIE DI EROI ED EROINE LEGGENDARI

Nella tradizione popolare giapponese, il termine eroe veniva attribuito a qualsiasi essere umano che possedeva forza e coraggio simili agli dèi, e per questo motivo questi personaggi godevano del loro pieno favore.

Inizialmente il termine eroe era solo designato alle divinità; ma ben presto venne attribuito anche agli esseri umani valorosi che avevano compiuto in vita gesti eroici o che si erano distinti nelle battaglie.

Di seguito troverete un elenco di storie popolari, di persone leggendarie e persone realmente esistite, che sono profondamente radicate nella storia e nella mitologia del Giappone.

LA STORIA DI MOMOTARO, IL RAGAZZO NATO DA UNA PESCA

Immagine raffigurante la nascita di Momotaro, di Kakuzo Fujiyama

Momotaro, il ragazzo della pesca è uno degli eroi leggendari della tradizione giapponese.

Secondo la leggenda, Momotaro nacque all'interno di una gigantesca pesca. Mentre questa pesca andava alla deriva su un fiume, una donna anziana, che era giunta al fiume per lavare i panni, raccolse la pesca, salvando Momotaro da morte certa. L'anziana signora portò la gigantesca pesca a casa per poterla mangiare assieme al marito.

Appena lei e il marito diviserò a metà la pesca per mangiarla, saltò fuori il bambino. Il bambino spiegò loro che era stato inviato dal cielo, per essere loro figlio, visto che loro non avevano potuto averne.

Al bambino venne dato il nome di Momotaro, che significa per l'appunto ragazzo pesca, e lo crebbero con cura ed amore proprio come se fosse loro figlio.

Il ragazzo si dimostrò ben presto essere un ragazzo dolce, mite, educato, gentile e soprattutto laborioso.

Una volta cresciuto il ragazzo chiese il permesso ai propri genitori di poter partire. Notando l'espressione di dolore sul volto dei genitori, Momotaro li rassicurò dicendo che non aveva nessuna intenzione di lasciarli per sempre, ma che voleva semplicemente raggiungere un'isola vicina che era infestata e tormentata dagli Oni. Questi Oni erano veramente malvagi e non facevano altro che depredare e uccidere gli abitanti dei villaggi presenti sull'isola.

I genitori, conoscendo la natura divina di Momotaro, lo lasciarono andare senza esitare e gli diedero anche delle provviste da portare con sé per il lungo viaggio. Lasciò quindi la famiglia per andare a sconfiggere gli Oni che popolavano l'isola di Onigashima.

Lungo il tragitto, stanco e affamato, si fermò per mangiare qualcosa e gli venne incontro un cane attirato dal buon profumo. Il cane gli promise che, in cambio di uno dei suoi tortini di riso, lo avrebbe accompagnato e aiutato lungo il suo viaggio. Momotaro lo accontentò e il cane lo seguì.

Mentre camminavano lungo la strada vennero avvicinati da una scimmia, anche lei attratta dal profumo delle pietanze che veniva dal fagotto di Momotaro.

Momotaro allora accontentò anche la scimmia donandole un po' del suo cibo. Allora la scimmia riconoscente si unì a Momotaro, promettendogli che avrebbe usato la sua agilità per aiutarlo a sconfiggere i suoi nemici.

Anche un fagiano attratto dall'odore di riso scese dal cielo e chiese a Momotaro qualche chicco di riso. Momotaro accontentò l'animale e anche il fagiano si unì all'impresa.

Giunti nell'isola, Momotaro mandò il fagiano in avanscoperta. Trovò gli Oni che terrorizzavano l'isola e li sfidò in nome di Momotaro dicendo loro che Momotaro stesso era giunto sull'isola per scacciarli via definitivamente. I demoni però non ebbero paura delle parole del fagiano, anzi cercarono di cacciarlo e di ucciderlo. Il fagiano, dal canto suo, schivò tutti gli attacchi e diede anche numerose beccate agli Oni.

Giunsero anche il cane e la scimmia e uno mordendo e azzannando, l'altra saltando da un nemico all'altro riuscirono a fermare e a confondere gli Oni. Nel frattempo, Momotaro, nella confusione creata dai suoi amici animali, riuscì ad uccidere uno Oni dopo l'altro.

Alla fine, rimase solamente da sconfiggere il capo degli Oni. L'Oni si arrese, si buttò in ginocchio, ruppe le sue corna e chiese a Momotaro di risparmiargli la vita. In più gli promise che se non lo avesse ucciso allora lui gli avrebbe donato in cambio l'intero tesoro che aveva accumulato durante le sue scorrerie.

Allora Momotaro non lo uccise ma pensò fosse più saggio farlo prigioniero. Lo prese in parola, gli prese il tesoro che l'Oni gli aveva promesso e tornò a casa.

Consegnò l'intero tesoro ai suoi genitori per ringraziarli dell'affetto e dell'amore ricevuto, perché molto spesso, per amore proprio di Momotaro, si erano privati di tutto pur di farlo felice. I due poveri anziani piansero dalla gioia quando videro tutto quell'oro e argento e poterono così, grazie a Momotaro, vivere felici e ricchi per il resto dei loro giorni.

Momotaro divenne quindi il simbolo del bravo figlio, onesto coraggioso e generoso.

LA STORIA DI ISSUN-BOSHI, IL RAGAZZO ALTO UN POLLICE

Immagine raffigurante Issun-Boshi che intraprende il viaggio per diventare un guerriero

Issun-Boshi, è l'eroe protagonista di una fiaba giapponese presente nell'antico testo illustrato Otogizoshi. Issun-Boshi, che tradotto significa letteralmente "ragazzo alto un pollice" o "samurai alto un pollice" è conosciuto anche come Issun-Kotaro e la sua storia ricorda molto la storia di pollicino.

La storia narra che una vecchia coppia, non potendo avere figli, pregò il Sumiyoshi sanjin di benedirli, dando loro la possibilità di avere un figlio. La divinità accolse la loro supplica ed esaudì il loro desiderio.

Tuttavia, il bambino era alto solo un sun, cioè un pollice, e non crebbe per il resto di tutta la sua vita.

Un giorno, Issun-Boshi disse ai propri genitori che voleva andare nella capitale per diventare un guerriero.

Inizio il suo viaggio, utilizzando una scodella come barca, una bacchetta come pagaia, e un ago come spada.

Giunto nella capitale, trovò lavoro in una splendida casa di un alto funzionario imperiale.

Mentre lavorava nella casa del funzionario, accadde che la figlia del funzionario, partita per un viaggio, venne rapita da un Oni lungo il tragitto.

Issun-Boshi allora partì per cercare l'Oni e salvare la ragazza. Ma invece di sconfiggere l'Oni, Issun-Boshi fu inghiottito dall'Oni stesso. Allora Issun-Boshi iniziò a colpire con l'ago l'Oni dall'interno, provocandogli un forte mal di pancia.

A causa del dolore l'Oni si arrese, sputò fuori Issun-Boshi e poi fuggì e si nascose tra le montagne.

L'Oni aveva lasciato cadere durante la fuga il suo martello magico. Issun-boshi lo raccolse ed espresse un desiderio. Grazie alla magia del martello raggiunse l'altezza di 182 cm. In questo modo ottenne la mano della ragazza che aveva salvato e in seguito la sposò.

In seguito, Issun-Boshi usò il martello per procurare cibo, tesori e ogni sorta di oggetto in modo che lui e la sua famiglia, vivessero nel benessere e prosperarono per intere generazioni.

LA STORIA DI KINTARO

Statuetta raffigurante Kintaro che abbraccia una carpa

Kintaro è un altro eroe leggendario molto conosciuto del folklore giapponese. La figura di Kintaro sembra che sia basata sulla storia di un uomo che fosse realmente esistito, conosciuto con il nome di Sakata Kintoki. L'uomo è vissuto durante l'epoca Heian ed era originario di Minamiashigara. L'uomo si unì al gruppo degli Shitenno, al servizio del samurai

Minamoto, diventando famoso per la sua abilità come guerriero.

Kintaro era un bambino che possedeva una forza straordinaria, a dir poco sovraumana. Si raccontava che fosse talmente forte da essere in grado di sradicare già da bambino, gli alberi con una sola mano.

Per quanto riguarda la sua nascita esistono parecchie leggende. Una delle più note, narra che Kintaro fosse il figlio della principessa Yaegiri. Si racconta che la principessa, fuggì in preda al panico in una foresta dopo che assistette alla lite furiosa del marito con lo zio. Trovato rifugio nella foresta, fu qui che diede alla luce Kintaro. Dopo il parto dovette abbandonare il bambino altrimenti sarebbe morta. Quindi abbandonò Kintaro che fu ritrovato e cresciuto come un figlio da Yama-Uba, una strega delle montagne del monte Ashigara.

Secondo un'altra leggenda, Kintaro era il figlio biologico di Yama-Uba, concepito tramite un lampo di luce che era stato inviato dal drago rosso che viveva sul monte Ashigara.

In ogni caso le leggende narrano che già da piccolo Kintaro si rivelò un bambino dalla forza straordinaria. Infatti, come già accennato sopra, già ad otto anni era talmente forte da riuscire ad abbattere gli alberi a mani nude, lasciando stupiti i boscaioli del luogo.

Trovandovi a dover crescere in luoghi isolati e selvaggi, Kintaro non riuscì a farsi molti amici umani. Allora iniziò a fare amicizia con gli animali della montagna imparando anche il loro linguaggio. I suoi migliori amici divennero un orso, un cervo, una scimmia e un coniglio. Giocavano sempre assieme, fino a quando un giorno non decisero di attraversare un fiume dalle correnti pericolose.

Allora Kintaro con tutta la sua forza abbatté un albero che fece da ponte e permise a lui stesso e ai suoi amici di attraversare il fiume.

Quando Kintaro tornò a casa dopo questa avventura, trovò un misterioso viandante che stava discutendo con sua madre. L'uomo disse di averlo osservato quel giorno ed era rimasto fortemente colpito dalla forza di Kintaro. Allora il viandante gli propose una sfida per misurare la sua forza. Si sfidarono a braccio di ferro ma nessuno dei due riusciva a prevaricare sull'altro.

Kintaro rimase stupito perché fino a quel momento nessun essere umano era riuscito a tenergli testa.

Allora l'uomo svelò di non essere un semplice viandante ma il generale Sadamitsu, al servizio del potente samurai Minamoto-No-Yorimitsu. Gli disse che il suo padrone lo aveva mandato in cerca di giovani promettenti per avviarli alla carriera di samurai. Quindi avendo valutato la straordinaria potenza di Kintaro, il generale chiese il permesso di portare con sé Kintaro.

La madre accettò e Kintaro dopo aver salutato i suoi amici e la madre, promettendo di tornare appena sarebbe diventato ricco per aiutarla, partì con il generale Sadamitsu.

Giunto in città Kintaro iniziò subito l'addestramento dimostrando di avere non solo una forza straordinaria ma anche una intelligenza molto sviluppata.

Crescendo le sue doti migliorarono sempre più, fino a farlo diventare uno dei migliori samurai al servizio di Minamoto.

Assieme agli altri quattro potenti samurai al servizio di Minamoto, un giorno partirono per dare la caccia ad un terribile Oni conosciuto con il nome di Shutendoji.

Il terribile Oni, e il suo temibile seguito di demoni, aveva saccheggiato i villaggi e i templi e rapito numerose ragazze a Kyoto, così Minamoto decise di partire per sconfiggere il demone.

Gli dèi vollero dare una mano a Minamoto e ai suoi compagni, quindi presero la forma vivente di quattro monaci e consegnarono al gruppo abiti simili ai loro, invitandoli a travestirsi per non essere riconosciuti dagli Oni. Inoltre, donarono ai combattenti un otre contenente un sakè fortissimo.

Giunti nel rifugio di Shutendoji, i samurai chiesero ospitalità fingendosi monaci viandanti. Il demone non rifiutò l'ospitalità ai monaci, essendo lui stesso stato un monaco quando era in vita.

Guardandosi attorno videro tante fanciulle tenute prigioniere e trattate come schiave, e così capirono che fine avessero fatto tutte le fanciulle che erano sparite da Kyoto. Quando poi si stancavano di essere serviti dalle fanciulle le uccidevano e ne bevevano il sangue.

I samurai cenarono assieme all'Oni e Shutendoji rivelò loro perché gli avessero dato quel nome. Raccontò loro che da giovane era dipendente dal sakè e per questo motivo lo chiamarono in quel modo. Infatti, il suo nome, tradotto letteralmente, significa "demone ubriaco". Allora a Minamoto si ricordò di come Susano-O avesse sconfitto il drago, facendolo ubriacare. Quindi pensò di far ubriacare l'Oni con il sakè che gli avevano consegnato i monaci.

L'Oni mandò giù rapidamente il sakè, ma questo era talmente forte che fece cadere il demone in un sonno profondo.

Così i cinque guerrieri uccisero prima il capo Oni e poi sterminarono, uno ad uno tutto il seguito di demoni al servizio di Shutendoji.

I guerrieri liberarono le fanciulle rapite e le riportarono a Kyoto.

Dopo questa avventura Kintaro diventò un samurai famoso e ricco e ricordando la promessa fatta alla madre, tornò da lei per costruirle una casa e farle vivere gli ultimi anni della sua vita nel benessere.

LA STORIA DI FUJIWARA NO HIDESATO

**Immagine raffigurante Fujiwara No Hidesato dipinto nel
1890 da Yoshitoshi**

Fujiwara No Hidesato era un kuge, cioè un burocrate giapponese, che visse nel X secolo.

Era famoso per il suo coraggio e le sue eroiche imprese, e si narra che fosse l'antenato di numerosi clan, incluso il ramo Oshu, del clan Fujiwara.

Hidesato era un grande sognatore e sognava sempre di intraprendere grandi avventure, ma la vita gli aveva riservato una vita grigia e monotona.

Così un giorno, stanco di quella vita monotona e senza sogni, prese arco, frecce e la sua spada e partì senza dire niente a nessuno.

Aveva fatto solo pochi metri quando il grande lago Biwa gli si parò davanti a sbarrargli la strada. Si guardò intorno e non poco lontano da dove si trovava vide un ponte. Si diresse verso il ponte, che era conosciuto a tutti con il nome di Seta No Karashi, famoso per essere considerato un ponte non attraversabile.

Quando Hidesato si avvicinò, capì ben presto perché il ponte fosse invalicabile. Infatti, vide che un enorme e terrificante drago dormiva sopra il ponte.

Il corpo del drago era talmente grande da ricoprire l'intera lunghezza del ponte. Inoltre, con un artiglio, si aggrappava ad un parapetto e con la coda si attorcigliava nell'altro. Il respiro del drago, per di più, generava fuoco e fumo.

Hidesato per quanto cercasse altre soluzioni per attraversare il lago non riusciva a trovarne. Si rese allora ben presto conto che, se non avesse attraversato il lago allora sarebbe dovuto tornare indietro e continuare a vivere la triste e monotona vita di sempre.

Facendo così appello al suo coraggio, Hidesato, passo dopo passo, iniziò ad attraversare il ponte. Raggiunse il corpo dell'enorme drago e, camminando delicatamente sul suo corpo, riuscì ben presto ad attraversare il ponte.

Era giunto alla riva opposta del lago quando improvvisamente sentì una voce alle sue spalle.

Voltandosi per vedere chi gli avesse parlato rimase attonito, poiché la grande creatura che si trovava alle sue spalle e che poteva essere l'unica ad aver parlato, era svanita nel nulla. Al suo posto però c'era un uomo anziano.

L'anziano uomo aveva i capelli lunghi e rossi, era vestito di verde e aveva sul capo una corona con un dragone attorcigliato come stemma.

Hidesato allora, intuendo che l'uomo non era un uomo comune, gli chiese se fosse stato lui a chiamarlo. L'uomo allora gli rispose di sì, e che aveva una richiesta da fare ad Hidesato, sperando che questi avrebbe potuto esaudirla.

Hidesato allora rispose che, se fosse stato in grado, avrebbe fatto di tutto per esaudire la sua richiesta ma, prima voleva sapere chi fosse in realtà l'uomo.

L'uomo rispose di essere il dragone del lago, lo stesso dragone che lui aveva attraversato per passare dall'altra parte del lago e che abitava proprio in quelle acque.

L'uomo gli indicò una montagna sulla riva verso la quale si stava dirigendo Hidesato e gli disse che vi abitava un mostruoso millepiedi.

L'uomo continuò a raccontare a Hidesato che lui e la sua famiglia, che era inizialmente molto numerosa, composta da tanti figli e nipoti, viveva da secoli in quel lago. Ma il millepiedi aveva scoperto la loro dimora e ogni sera andava al lago e portava via un membro della sua famiglia. Aggiunse anche che né lui, né nessun altro membro della sua famiglia aveva il potere di fermarlo e per questo il loro triste destino era quello di cadere uno alla volta, tutti per mano del millepiedi.

Per questo motivo, anche se era imbarazzato a chiederlo, avrebbe avuto bisogno dell'aiuto di un uomo forte e valoroso per sconfiggerlo.

Fino a quel giorno, tanti uomini in cerca di una vita avventurosa si erano avvicinati al ponte, ma avendo avuto paura di lui erano tornati indietro, rinunciando alla loro impresa. E il povero uomo disse che non aveva avuto, quindi, l'opportunità di chiedere aiuto a nessuno.

L'unico che aveva proseguito il cammino senza paura era stato proprio Hidesato e per questo l'uomo aveva implorato la sua pietà e il suo aiuto.

Hidesato allora ebbe pietà del povero uomo e accettò di aiutarlo a sconfiggere il millepiedi.

Hidesato chiese allora all'uomo indicazioni su dove trovare questo spaventoso millepiedi e l'uomo gli indicò il monte Mikami come tana della spaventosa creatura. Tuttavia, gli disse anche che, visto che il mostro scendeva ogni notte a rapire un membro della sua famiglia, sarebbe stato più saggio seguirlo nella sua dimora e attendere assieme il calar della notte.

Hidesato trovò sensata la proposta dell'uomo e così entrambi si diressero in fondo al lago, nella dimora dell'uomo.

Hidesato rimase meravigliato quando vide lo splendido palazzo che era la dimora dell'anziano uomo. Nonostante avesse sentito tante storie raccontare della bellezza del palazzo del re dei Mari, non credeva che potesse esistere un altrettanto splendido palazzo sul fondo del lago Biwa.

L'anziano uomo invitò Hidesato a partecipare ad un lussuoso banchetto in suo onore, e la meraviglia e lo stupore per le pietanze servite e per il lusso del banchetto furono immense.

Ma giunta la mezzanotte, il banchetto, i canti e i balli cessarono per dar luogo al terrore. Improvvisamente tutto iniziò a tremare a causa di un rombo potente e prolungato.

Hidesato e l'anziano uomo si affacciarono al balcone e videro due occhi rossi, come sfere infuocate venir giù dalla montagna. Allora l'anziano uomo disse che quelli che vedeva erano gli occhi del millepiedi che si avvicinava per ucciderli e pregò Hidesato di ucciderlo.

Nonostante Hidesato aveva anche notato che la mostruosa creatura fosse enorme, non indietreggiò. Anzi, con voce sicura promise all'anziano uomo che avrebbe ucciso il millepiedi.

Hidesato ordinò ai servitori di portargli il suo arco e la sua faretra e con grande stupore di tutti, videro che nella faretra c'erano solo tre frecce.

Hidesato prese la mira, scoccò la prima freccia e centrò il millepiedi dritto in mezzo agli occhi. Ma la freccia rimbalzò senza procurare nemmeno un graffio al millepiedi.

Allora scoccò la seconda freccia che finì di nuovo in mezzo agli occhi della creatura ma, come la prima non fece nessun danno.

Hidesato allora cominciò a sospettare che il millepiedi fosse invulnerabile e l'anziano uomo iniziò a tremare dalla paura.

Allora Hidesato iniziò a pensare a cosa avrebbe potuto fare, perché se avesse fallito anche con la terza freccia sarebbero stati tutti spacciati. E fu allora che si ricordò che la saliva umana era letale per i millepiedi.

Allora prese la terza freccia e si mise in bocca la punta. Prese la mira e scoccò l'ultima freccia.

Questa volta la freccia non rimbalzò ma finì dritta dentro la carne del millepiedi, che iniziò a tremare e le sfere fiammanti nei suoi occhi piano piano si spensero.

Il cielo divenne improvvisamente scuro e avvolto dalle tenebre, un fulmine illuminò la carcassa del millepiedi e un forte vento inizio a soffiare, quasi come se volesse spazzare via l'intero universo. Tutti i membri del palazzo fuggirono a nascondersi e solo Hidesato rimase immobile ad osservare tutta la scena.

Improvvisamente l'oscurità svanì per far posto ad un limpido e bellissimo nuovo giorno.

Hidesato richiamò il l'anziano uomo e tutti i membri del palazzo ad uscire dai nascondigli perché era tutto finito.

Il re dragone, che era in realtà l'anziano uomo, fu infinitamente grato a Hidesato e tutti i membri del palazzo lo acclamavano gridando che Hidesato era sicuramente il più grande e coraggioso guerriero che l'impero avesse mai avuto.

Venne allora allestito un banchetto per festeggiare la sua vittoria che fu ancora più lussuoso e sfarzoso di quello precedente.

Il re dragone allora propose a Hidesato di fermarsi a vivere nel suo palazzo ma lui declinò l'offerta dicendo che la sua missione era stata portata a termine e che quindi era giunto il momento per lui di tornare a casa.

Il re fu dispiaciuto ma lo pregò comunque di accettare dei piccoli doni che avevano preparato per lui. I doni erano in realtà solo quattro ed erano: una campana di bronzo, una cesta di riso, un rotolo di seta e una pentola.

Hidesato accompagnato da un lungo corteo e da mille inchini, riuscì finalmente a tornare indietro per la sua strada.

I suoi famigliari, che erano preoccupati per la sua scomparsa e che lo avevano cercato invano ovunque, rimasero stupiti quando lo videro tornare accompagnato dall'immenso corteo. Anche tutta la città fu colpita da enorme stupore quando venne a sapere chi fossero i membri del corteo e dell'eroico gesto che aveva compiuto la notte prima Hidesato.

Lo stupore aumentò sempre più quando Hidesato si accorse che quei piccoli doni ricevuti in realtà erano magici.

La cesta di riso, infatti, non smetteva mai di produrre riso, facendo sì che nessuno patisse più la fame. Il rotolo di seta non si esauriva mai e così nessuno rimase senza vesti. La pentola non solo non aveva necessità di fuoco per cucinare, ma qualsiasi piatto vi venisse cucinato risultava essere sempre delizioso. Solo la campana sembrava non avere nessun potere, così Hidesato decise di donarla al tempio più vicino in modo che potesse segnare le ore.

E fu così che Hidesato soddisfò i suoi sogni di avventura, diventando così ricco e famoso.

Da allora venne ricordato a tutti con il nome di Tawara Toda, cioè "cesta di riso".

LA STORIA DI YAMATO TAKERU

Immagine raffigurante Yamato Takeru mentre impugna la leggendaria spada Kusanagi-No-Tsurugi

Yamato Takeru fu un principe dell'impero giapponese, il quale si rese protagonista di leggendarie gesta eroiche, volte a sedare numerose rivolte contro il potere centrale, che a quel tempo era detenuto da suo padre, il sovrano del regno di Yamato.

Secondo alcune fonti, invece Yamato Takeru era sì un principe, ma il padre era l'imperatore Keiko e il figlio divenne in seguito l'imperatore Chuai.

Il principe rappresenta quello che per la cultura occidentale veniva visto come un eroe, senza macchia e senza peccato. Infatti, il suo nome, tradotto letteralmente significa "eroe del Giappone".

La leggenda più comune è quella che narra che fosse il secondo di due gemelli, figli dell'imperatore Keiko e che il suo nome, in principio fosse Ousu.

Ousu era molto fedele e attaccato al rispetto verso il padre e alle tradizioni. Il fratello maggiore invece era di tutt'altro avviso. Infatti, disertava tutte le cene organizzate dal padre e il padre, infuriato per questo atteggiamento, ordinò ad Ousu di rimetterlo sulla retta via. Ma Ousu, invece di rimproverarlo semplicemente, lo uccise e poi lo fece a pezzi. Lo portò al padre dicendo che così, l'irrispettoso fratello, avrebbe avuto una valida scusa per non presenziare alle cene imperiali.

L'imperatore, spaventato dal modo in cui il figlio aveva risolto il problema del fratello maggiore, lo allontanò dal palazzo con la scusa di alcune serie di avventure eroiche. Gli diede infatti il pericoloso compito di combattere contro un regno ribelle situato a ovest di Honshu, e in altro regno ribelle situato a Kyushu.

Lungo il tragitto, incontrò la zia Yamato, che era la sacerdotessa del tempio di Ise. Mossa a compassione per l'impresa quasi impossibile da vincere, per aiutarlo gli consegnò la leggendaria spada Kusanagi-No-Tsurugi, appartenuta a Susano-O.

Il clan dei Kumaso, che governava Kyushu fu ben presto sconfitto da Ousu, grazie ad un astuto stratagemma: si travestì da cameriera per infiltrarsi in un banchetto di corte e uccidere in questo modo tutti gli astanti.

Con grande stupore del padre, il figlio riuscì a superare prove impossibili e imprese da cui sarebbe stato difficile uscirne vivi. Quindi, sconfitti tutti i nemici, Ousu si apprestava a far ritorno a casa.

Lungo la via del ritorno, incontrò l'ultimo nemico da sconfiggere prima di poter tornare definitivamente a casa: Izumo Takeru. Izumo Takeru era famoso per le sue doti da guerriero e allora, per sconfiggerlo Ousu escogitò un altro stratagemma. Si finse amico di Takeru riuscendo a conquistarne la fiducia. Il giorno in cui i due finti amici dovevano accommiatarsi Ousu sostituì la spada di Takeru con una di legno.

Nel momento in cui si stavano salutando Ousu estraesse la spada e Takeru non potendo resistere a lungo agli attacchi con una spada di legno, fu presto sconfitto e ucciso. Dopo questo episodio gli fu assegnato il nome con cui è conosciuto da tutti, Yamata Takeru.

Alla fine di questa impresa, come dicevamo, si apprestò a tornare a casa. Ma il padre, conoscendo il temperamento brutale del figlio, non lo voleva per nessun motivo nella sua corte.

Allora l'imperatore trovò un'altra impresa impossibile per il figlio: sottomettere le popolazioni ribelli Emishi, che avevano iniziato una sommossa nei territori dell'est. Per vincere l'impresa e soprattutto, per essere sicuro che il figlio non sarebbe più tornato, l'imperatore lo fece partire senza esercito, accompagnato solo da una lancia magica e un servitore.

Avendo intuito che anche questa impresa sarebbe stata impossibile da poter portare a termine, Ousu tornò a chiedere l'aiuto della zia. La sacerdotessa allora fece due doni al nipote: una borsa, da aprire solo in caso di reale emergenza, e una spada che altri non era che la leggendaria spada Ama-No-Murakomo-No-Tsurugi.

Giunto nella provincia di Sogani, cadde nel tranello di un capo clan locale, il quale, dopo aver attirato Ousu in una zona paludosa, appiccò il fuoco tutto intorno a lui. Ousu, grazie alla spada magica consegnatagli dalla zia, la usò come se fosse una falce e riuscì a spegnere l'incendio. Poi aprì la borsa magica che gli aveva donato la zia e trovò all'interno delle pietre focaie. Grazie a queste pietre Ousu provocò a sua volta un incendio contro il suo nemico. Fu in onore di quell'evento che la leggendaria spada prese il nome di Kusanagi, che tradotto letteralmente significa "falcia erba".

Da Sogani si diresse verso la provincia di Kazuma. Ben presto si trovò con difficoltà sempre più difficili da superare. Infatti, qui si trovò di fronte al dio del Mare che incollerito con Ousu, si rifiutava di fargli passare lo stretto. A questo punto, la moglie di Ousu, che lo aveva seguito in tutte le sue imprese, decise di immolarsi per salvare il marito. Ototachibana, moglie di Ousu, stese sulle onde otto strati di stuoie, otto pelli di cuoio e otto tappeti di seta. Poi si stese sopra alle offerte e si inabissò in fondo allo stretto. Questo sacrificio fu gradito dal dio del Mare, che appagato fece attraversare lo stretto ad Ousu.

Disperato per la perdita della moglie, Ousu dovette proseguire comunque il suo viaggio e giunse nella provincia di Shinano. Qui decise di scalare la montagna. Arrivato in cima alla montagna si sedette per riposarsi e per consumare il suo pasto. Giunse allora il dio della montagna, sotto forma di cervo, con l'intento ad arrecargli fastidio. Iniziarono allora un furioso combattimento e alla fine Ousu lanciò un aglio nell'occhio del cervo, riuscendo così ad ucciderlo. Rimasto stremato e confuso per la lunga e dura battaglia intrapresa con il dio, Ousu non riusciva più a trovare la via del ritorno. Fu allora che gli venne incontro un servizievole cane bianco, che gli indicò la via per tornare indietro.

Ousu allora riprese la via del ritorno verso casa. Fece una sosta nella provincia di Owari, dove sposò la principessa del luogo.

Mentre faceva ritorno a casa lungo il tragitto, offese il Kami del monte Ibuki. Preso dalla vana gloria, Ousu diceva a tutti che sarebbe salito sul monte e avrebbe sconfitto il dio con le mani nude e senza aiuto della sua spada. Allora si avventurò sul monte, lasciando la spada Kusanagi nelle mani della moglie. Lungo la salita incontrò un grosso cinghiale bianco che si presentò come il messaggero del dio, ma in realtà era il dio in persona che aveva preso le sembianze del cinghiale. Ousu, quindi non ritenendolo degno della sua altezza, lo scavalcò e passo oltre senza dargli nessuna importanza. Lo sgarbo offese talmente tanto il dio che fece scatenare sopra la testa di Ousu un'incessante tempesta. Questo fece ammalare gravemente Ousu che, nonostante fosse allo stremo delle forze, riuscì comunque a tornare a valle.

Il pensiero di tornare a casa e raccontare le sue vittorie al padre lo fecero andare avanti per un po', ma lungo la piana di Nobo, le forze gli vennero meno, si accosciò e morì.

La leggenda narra che dopo la sua morte Ousu si trasformò in un uccello bianco e volò via.

Sul monte Ibuki, raffigurante le sue effigie, fu eretta una statua in ricordo dei fatti accaduti proprio in quel luogo.

I suoi averi e i doni che gli furono dati dalla zia vennero invece vennero trasferiti nel santuario di Atsuta. Oggi Atsuta è conosciuta con il nome Nagoya e il santuario con le reliquie di Ousu è ancora oggi uno dei più visitati e dei più venerati.

LA STORIA DI SAITO MUSASHIBO BENKEI E YOSHITSUNE MINAMOTO

Immagine raffigurante Benkei e Minamoto dell'artista Yoshitoshi

Saito Musashibo Benkei fu un militare e un monaco buddista, che visse tra la fine dell'epoca Heian e l'inizio del periodo Kakamura. La sua storia è narrata in varie leggende popolari ed è ormai distinguere la realtà dall'invenzione.

Le varie leggende pervenuteci narrano la sua nascita in tante versioni tutte diverse le une dalle altre. Una leggenda narra che suo padre fosse a capo di un tempio e che avesse stuprato la madre di Benkei.

Un'altra leggenda narra che Benkei fosse figlio di un Kami.

Spesso viene descritto con tratti demoniaci, altre leggende narrano che fosse un bambino mostruoso, con i capelli scapigliati e i denti aguzzi. Per questo motivo da bambino venne soprannominato Oniwaka, cioè bambino dalle sembianze Oni.

In giovane età decise di entrare in monastero e durante gli anni viaggiò spesso per visitare i vari monasteri presenti nel paese. Nel periodo in cui visse Benkei i monasteri oltre ad essere centri di culto, erano anche delle vere e proprie potenze politiche e militari.

Decise, come facevano spesso i monaci in quel determinato periodo storico di ricevere un addestramento militare. Divenne così uno sohei, cioè un monaco combattente. Fu anche addestrato nell'uso della naginata, una sorta di Katana con un lungo manico. In molte raffigurazioni, infatti, viene dipinto con in mano l'arma.

Giunto all'età di 17 anni, le storie narrano che fosse già alto più di due metri e che fosse anche molto robusto. Fu a questa età che decise di abbandonare il monastero e unirsi agli yamabushi, monaci di montagna che si spostavano di luogo in luogo, indossando il caratteristico mantello nero, come lo si può osservare in molte iconografie che lo ritraggono.

Ad un certo punto, Benkei andò a vivere nei pressi del ponte di Gojo a Kyoto. Qui si mise a sfidare chiunque volesse attraversare il ponte e dopo averli sconfitti, sottraeva loro le armi.

Il motivo di questo modo di agire, secondo le leggende, era dovuto al fatto che aveva chiesto a Kokaji Munenabu, un famoso armaiolo, un'armatura. Questi gli rispose che lo avrebbe fatto solo se gli avesse portato mille spade. Era arrivato a 999 spade quando un giovane, conosciuto come Yoshitsune Minamoto, attraversò il ponte. Benkei lo sfidò a duello e benché Minamoto fosse più giovane, più basso e più esile, riuscì a sconfiggere Benkei. Benkei allora, per rispetto nei confronti dell'avversario decise di seguirlo e di servirlo a vita.

Yoshitsune era il figlio del noto signore della guerra Minamoto no Yoshimoto.

Yoshitune, con a fianco il fedele Benkei, intraprese la guerra conosciuta con il nome di Genpei, combattuta contro il clan Taira.

Le gesta di Yoshitune e Benkei divennero leggendarie al punto che la tradizione attribuisce ai due eroi la gran parte delle vittorie del clan Minamoto, e in particolare la vittoria della battaglia di Dan-No-Ura.

Dopo le numerose vittorie ottenute da Yoshitune, il fratello maggiore Yorimoto, geloso del potere del fratello e preoccupato da questa popolarità, ordinò di ucciderlo.

Yoshitsune e Benkei passarono due anni della loro vita a sfuggire dai sicari assoldati da Yorimoto. Alla fine, chiesero aiuto a Fujiwara-No-Hidehira, il governatore dei Fujiwara del Nord, della provincia di Mutsu.

Ma il figlio di Hidehira, Yasuhira, tradì il padre e Benkei e Yoshitune furono circondati nel castello di Koromogawa. Ritenendo di essere senza via di scampo, Yoshitsune e la sua famiglia si ritirarono all'interno del palazzo per compiere il seppuku, cioè il suicidio rituale volontario dei samurai. Nel frattempo, Benkei teneva impegnati gli assalitori sul ponte di ingresso del castello. Fu bersaglio di numerose frecce, e molti combattenti attraversarono il ponte per combatterlo ma furono tutti sconfitti.

Allora tutti i combattenti rimasti in piedi iniziarono ad avere paura e rimasero fermi, aspettando che Benkei cadesse a causa delle numerose ferite.

Quando alla fine gli uomini si decisero ad attraversare il ponte, si resero conto che Benkei era già morto da tempo, ma che era rimasto comunque in piedi, per far sì che il suo padrone potesse compiere il rituale seppuku e mantenere così intatto il suo onore.

Questo episodio rese leggendario Benkei, che venne in seguito ricordato come la morte in piedi di Benkei.

LA STORIA DEI 47 RONIN

**Immagine raffigurante l'assalto del palazzo di Kira
Yoshinaka da parte dei 47 Ronin, opera dell'artista
Katshushika Hokusai**

I quarantasette Ronin erano un gruppo di samurai al servizio
di Asano Naganori. Asano Naganori era il signore delle terre
di Ako, città situata nella regione di Kansai.

Nel 1701, dopo che il loro padrone fu costretto a commettere
seppuku, dopo aver assalito il maestro di protocollo dello
shogun Kira Yoshinaka, i 47 samurai rimasero senza padrone

e furono costretti a diventare Ronin, cioè letteralmente samurai decaduti.

la storia dei 47 Ronin inizia un anno dopo la morte del loro padrone, il 14 dicembre del 1702. In quel preciso giorno i samurai decaduti vendicarono l'ingiusta morte del loro padrone, costretto a commettere il suicidio rituale, dopo che, per colpa dello shogunato, questo era caduto in disgrazia.

I Ronin dovettero aspettare quasi due anni per attuare la loro vendetta, proprio per non creare sospetti e allentare la strenua vigilanza di Kira Yoshinaka.

Per questo motivo, dopo la morte del padrone i Ronin si sciolsero e presero tutti strade diverse.

Il loro capo Oishi disse loro che per non destare ulteriori sospetti, sarebbe stato utile anche accettare anche umili lavori, in modo tale da far credere a tutti di aver abbandonato la strada della vendetta.

Molti di loro, infatti, iniziarono a fare i mercanti e gli artigiani, cercando di farsi assumere proprio nella corte di Kira Yoshinaka per poter agire dall'interno.

Oishi fu quello che per sviare totalmente i sospetti intraprese una vita poco onorevole. Divenne infatti un alcolizzato e una sera fu avvistato da un allievo di Yoshinaka che vedendolo in quello stato pietoso, disse al suo maestro che Oishi non sarebbe stato più una minaccia per nessuno.

Giunto il tempo della vendetta, i Ronin si radunarono a Edo, rimanendo nascosti fino a quando non sarebbe giunto il giorno della vendetta. Ognuno di loro aveva conservato le proprie armi, ma erano anche riusciti a procurarsene altre, senza tuttavia cercare di attirare l'attenzione.

Il loro capo Oishi, aveva stabilito che il gruppo, dopo essersi incontrato in un punto prestabilito, avrebbe dovuto attaccare in maniera compatta la residenza di Kira.

Questa, nonostante la protezione e la sorveglianza si fosse leggermente allentata, era ancora ben protetta da guardie armate.

L'idea era quella di assalire la tenuta vestiti da pompieri in modo da poter entrare e agire indisturbati. Le divise che si erano procurati dovevano sembrare il più credibili possibile, e in più si erano muniti di scale, uncini, e di qualsiasi altro materiale necessario per scassinare le abitazioni.

I Ronin avevano una pianta dettagliata dell'abitazione, quindi, sapevano perfettamente dove colpire.

Si divisero in due gruppi: uno si schierò davanti la porta principale e il secondo, comandato da Oishi, si schierò davanti alla porta posteriore.

Il piano era che il primo gruppo avrebbe dovuto sfondare la porta di ingresso e, mentre alcuni entravano utilizzando le scale e oltrepassando il muro di cinta, l'altro gruppo, che era il più numeroso, attendeva la forzatura delle porte per entrare in massa nel palazzo.

Mentre i Ronin si apprestavano all'assalto del palazzo, alcuni messaggeri si diressero nelle dimore vicine per avvertire tutti di ciò che stava accadendo.

Un samurai urlò a squarciagola che si trattava di un katauchi, cioè di una vendetta da parte di alcuni samurai intenti a vendicare il loro onore oltraggiato.

Inoltre, i 47 Ronin avevano delle scritte che portavano addosso dove erano elencate le 16 ragioni per cui cercavano vendetta e avevano affisso dei cartelli lungo le strade dove erano elencate queste 16 ragioni.

Nessun dei vicini accorse in aiuto del palazzo né si intromise nell'assalto, né avvertirono le autorità competenti addette alla sicurezza.

I Ronin ebbero subito la meglio ferendo e uccidendo le guardi del corpo di Kira. I sopravvissuti e la servitù vennero rinchiusi in una stanza e tenuti sotto controllo.

I due gruppi si incontrarono all'interno del palazzo ma di Kira non vi era nessuna traccia.

Si misero alla sua ricerca e lo trovarono nascosto in una legnaia, assieme a delle donne e due guardie armate che ebbero subito la peggio.

Preso Kira, Oishi, gli disse chi fossero e perché erano lì: vendicare la morte di Asano e la conseguente rovina della sua casata.

Oishi gli propose di morire con onore, utilizzando la stessa spada con cui si era tolto la vita Asano, ma Kira si rifiutò e allora Oishi lo uccise decapitandolo.

Oishi prese la testa di Kira e la portò sulla tomba di Asano. La testa poi venne consegnata a dei sacerdoti che poi la consegnarono ai famigliari ancora in vita di Asano.

I Ronin poi si consegnarono alle autorità per essere giudicati e condannati.

La sentenza giunse dopo molto tempo, poiché i Ronin avevano molti sostenitori che volevano la grazia per le loro vite.

Alla fine, venne concesso di preservare il loro onore attraverso il seppuku. In più concessero la grazia ad uno di loro, il samurai Kichiemon Terasaka, in modo che la memoria di quello che era successo nel tempio di Kira venisse tramandata e raccontata per secoli.

LA STORIA DELL'IMPERATRICE JINGU

Immagine raffigurante l'imperatrice Jingu mentre raggiunge la terra promessa, opera dell'artista Utagawa Kuniyoshi

L'imperatrice Jingu è stata una delle imperatrici leggendarie della storia del Giappone. Era la moglie dell'imperatore Chuai, e dopo la morte del marito divenne di fatto lei la reggente, fino a quando non ascese al trono il figlio Oijin.

Il padre dell'imperatrice era Okinaganosukunenomiko e sua madre era Kazurakinotakanuhahime, discendente diretta del leggendario principe di Corea Amenohiboko.

Fino al periodo Meiji l'imperatrice fu considerata essere il XV imperatore del Giappone, ma attualmente, rivalutando alcuni documenti storici il suo nome è stato cancellato dall'elenco e suo figlio Oijin è stato considerato il XV imperatore giapponese al posto suo.

Jingu è considerata dagli storici come una figura leggendaria per le imprese tramandate dal folklore giapponese.

Il nome dell'imperatrice, prima della sua adesione al Trono del Crisantemo pare fosse Okinagatarashi-Hime.

La leggenda narra che l'imperatrice condusse con il suo esercito l'invasione di quella che a quel tempo era vista come la terra promessa: la Corea. Dopo tre anni dalla partenza ritornò vittoriosa in patria. Tuttavia, non ci sono reperti storici che confermino questa storia. In ogni caso, la leggenda dell'invasione della penisola coreana da parte di Jingu non solo viene narrata nel Nihonshoki ma appare anche nelle cronache del Kojiki. Inoltre, nel Nihonshoki si narra la discendenza reale di Jingu, poiché il padre era il nipote dell'imperatore Kaika e la madre discendeva dal clan Katsuragi.

Secondo le leggende, inoltre, il figlio Oijin era stato concepito prima della morte del padre e prima dell'invasione della corea, ma nacque solo 3 anni dopo, quando la madre tornò in Giappone.

La leggenda narra infatti che Jingu, appunto, dopo la morte del marito prese il trono e partì alla conquista della Corea. Nella sua impresa fu aiutata da due magici gioielli che le conferivano il poter di controllare i mari.

L'imperatrice, che era una valorosa guerriera, era già incinta quando partì per la guerra e il bambino che portava in grembo, per permettere alla madre di tornare vittoriosa, rimase nel grembo materno fino alla fine della guerra. Quando alla fine tornò vittoriosa in patria diede alla luce il figlio Oijin che venne identificato in seguito anche come Hachiman, il dio della Guerra.

LA STORIA DI KESA GOZEN

La storia leggendaria di Kesa Gozen è una storia di lealtà e fedeltà al proprio marito e alla propria famiglia.

Kesa Gozen era la bella e fedele moglie di Watanabe Wataru, una guardia del palazzo reale.

Un giorno Endo Morito, figlio di un cortigiano, vide Kesa Gozen e se ne innamorò perdutamente. Lei respingeva in maniera decisa tutte le sue avances. Mentre il marito era lontano, in battaglia, le avances di Morito divennero sempre più insistenti.

Non riuscendo a conquistare il cuore della bella Kesa, allora Edo Morito, chiese prima l'aiuto della madre di Kesa. Ma vedendo che nemmeno le parole della madre avevano convinto la giovane, allora passò alle minacce di morte all'anziana signora.

Preoccupata per la sorte della madre Kesa finse di accettare l'amore di Edo, ma gli disse che sarebbe stata sua solo se lui avesse ucciso il marito di lei.

Il piano era che Edo avrebbe dovuto uccidere Wataru durante la notte. Allora Kesa si tagliò i lunghi capelli e si sdraiò nel letto, al posto del marito. A mezzanotte Edo Morito si precipitò nella camera da letto e tastò il letto per capire se Wataru fosse coricato al suo posto.

Constato che il marito di Kesa fosse nel letto, immediatamente gli tagliò la testa e fuggì. Ma ben presto si rese conto che la testa che aveva in mano non era quella di Wataru.

Rimasto inorridito dal fatto che aveva tagliato la testa alla sua amata, si rintanò in un convento e si fece monaco, sperando di espiare tutte le sue colpe.

Kesa Gozen divenne subito un'eroina perché in una sola notte era riuscita a salvare sua madre e suo marito e a mantenere intatto il suo onore.

LA STORIA DI TOMOE GOZEN

Immagine raffigurante Tomoe Gozen, Uchida Ieyoshi e Hatakeyama No Shigetada, opera dell'artista Yoshu Chikanobu (1899)

Tomoe Gozen è il nome di una donna che divenne un valoroso soldato giapponese. Servitrice del generale Minamoto-No-Yoshinaka, al fianco del quale combatté numerose battaglie, è stata l'unica donna guerriero nelle storie di samurai fino ad ora conosciute.

Le sue origini e le informazioni sulla sua vita e sulla sua effettiva esistenza non sono mai state dimostrate. Le informazioni su questa eroina appaiono per la prima volta nell'Heike Monogatari. In questo testo viene descritta come una bellissima donna, con la pelle diafana e lunghi capelli neri.

Era anche un abile arciere e un soldato forte e ben addestrato. Si diceva, inoltre, che potesse sconfiggere chiunque, demoni, dei o addirittura mille guerrieri.

Il fatto che una donna venisse nominata e le sue gesta venissero esaltate in un testo come l'Heike risulta essere straordinario, poiché la tradizione giapponese tendeva ad esaltare quasi esclusivamente eroi di sesso maschile. Nel 1182 comandò un esercito di 300 samurai e andarono a combattere contro i 2000 uomini dell'esercito del capo clan dei Minamoto. Si narra inoltre che, Tomoe durante la battaglia di Awazu avesse sconfitto e decapitato il capo del clan Musashi, Honda-No-Morishige. Dopo aver presentato la testa al suo capo Yoshinaka la sua reputazione crebbe così tanto che venne nominata prima donna generale del Giappone.

PARTE QUARTA: MITI E LEGGENDE LEGATE AL MONDO DELLA NATURA

MITI E LEGGENDE LEGATE AL MONDO DELLA NATURA

Ogni paese, ogni nazione, ogni posto che esista sulla faccia della terra ha dei racconti epici, leggendari o mitologici legati al mondo vegetale e a quello animale. Il Giappone, non fa eccezione.

Gli animali, in modo particolare, svolgono un ruolo fondamentale nella mitologia giapponese, non solo per lo stretto legame che intercorre tra esseri umani e animali ma anche perché molti di loro sono considerati delle divinità.

Gli animali che spesso ricorrono nelle storie e nelle narrazioni possono essere sia completamente inventati come i Draghi, ma in molti racconti appaiono animali comuni come la volpe, il gatto, il cane, il serpente e il tasso.

La volpe viene spesso raffigurata come messaggera del dio del riso Inari, altre volte il dio stesso viene raffigurato con le sembianze di una volpe.

Di seguito vi verranno narrate alcune delle storie leggendarie legate al mondo animale.

LA STORIA DELLA LEPRE DI INABA

Quello della lepre di Inaba è sicuramente una delle leggende giapponese più famosa. La leggenda, narra che una lepre, che necessitava di attraversare il mare per arrivare a Inaba, riuscì a convincere dei coccodrilli ad allinearsi per poterli usare come ponte. Attraversato il mare, la lepre iniziò a deridere i coccodrilli per la loro ingenuità.

I coccodrilli, furiosi per l'affronto, decisero di vendicarsi, strappando la pelliccia alla lepre, che rimase nuda e sanguinante sulla spiaggia.

Mentre era sofferente sulla spiaggia, passarono degli uomini, che sembravano essere i figli del re. La lepre allora chiese aiuto agli uomini e uno di loro le consigliò di lavarsi con l'acqua di mare e poi asciugarsi al vento. Ma questo rimedio non solo non aiutò la lepre, ma la rese ancora più sofferente e dolorante e allora si lasciò prendere dallo sconforto, iniziando a piangere.

Poco tempo dopo, passò un altro dei fratelli, che sentendo i gemiti e i lamenti della lepre, le si avvicinò e le consigliò di lavarsi in acqua dolce e poi rotolarsi nel polline di tife. Secondo quanto consigliato da quello che la lepre ritenesse fosse un principe, quel trattamento avrebbe aiutato la pelliccia della lepre a ricrescere più folta e bella.

Dopo il trattamento le ferite della lepre si rimarginarono e la pelliccia si rigenerò nuovamente.

Allora la lepre, come ricompensa per l'aiuto ricevuto, decise di premiare l'uomo, che in realtà era il mago Okuninushi, con una profezia. La lepre predisse che solo lui, e non i suoi fratelli, avrebbe sposato la principessa Yakami.

LA STORIA DEL CAVALLO IKEZUKI

Immagine raffigurante il cavallo Ikezuki che attraversa il fiume Uji, dell'artista Utagawa Kuniyoshi

Tra le storie di animali leggendari c'è anche la storia del cavallo Ikezuki. È un cavallo famoso, nato da una madre che fu fatta prigioniera a Mima e un padre nato e cresciuto selvaggio nato nel monte Tsurugi.

La madre di Ikezuki morì quando lui era ancora un giovane puledro e un giorno, vedendo la sua immagine riflessa in un torrente che portava ad una cascata, credendo che l'immagine che vedeva fosse la madre, si gettò dentro per raggiungerla. In questo modo Ikezuki divenne da solo un abile nuotatore, grazie al vano tentativo di raggiungere la madre.

Il proprietario del cavallo incaricò un commerciante di venderlo alla fiera annuale di cavalli. Durante il tragitto arrivarono lungo un fiume strabordante e, avendo difficoltà a passare, Ikezuki si gettò nel fiume e arrivò a riva e poi alla fiera da solo.

Dopo un po' di tempo, arrivò anche il commerciante, ma purtroppo nessuno voleva comprare il cavallo, poiché avevano paura del comportamento vivace e fuori dagli schemi del cavallo stesso.

Sconfortato dalla pessima giornata il commerciante si mise in sella al cavallo e stava per andarsene quando un uomo alzò improvvisamente sei dita.

Il commerciante pensò che l'uomo volesse offrirgli 600 monete di rame, ma l'uomo gli diede in realtà 600 monete d'argento affermando che, secondo lui, il cavallo in realtà ne valeva molti di più.

Il cavallo divenne di proprietà dello Shogun Yorimoto, e le storie narrano che partecipò a tante battaglie famose come la battaglia di Uji e a guerre famose come la guerra di Genpei.

LA STORIA DEL CILIEGIO DEL SEDICESIMO GIORNO

Si narra che, nel distretto di Wakegori, nella provincia di Iyo, esiste ancora un antichissimo e famosissimo albero di ciliegio conosciuto con il nome di Jiu-Roku-Zakura, che significa, per l'appunto, "albero del sedicesimo giorno".

Il nome gli fu dato perché, come narra la leggenda, questo albero fiorisse solo una volta l'anno e cioè il sedicesimo giorno del primo mese, secondo il vecchio calendario lunare. Quindi il giorno della sua fioritura corrispondeva al giorno del grande gelo, cosa veramente insolita visto che i ciliegi fioriscono di solito a primavera.

Il fatto è che quello che fiorisce non è un albero di ciliegio, ma un uomo, in quanto la leggenda narra che, all'interno di Jiu-Roku-Zakura alberga lo spirito di un essere umano.

Lo spirito che albergava all'interno dell'albero era quello del samurai Iyo e l'albero in cui albergava inizialmente, era un semplice albero di ciliegio che fioriva, nel giardino del samurai, tra marzo e aprile.

Il samurai aveva giocato sin da piccolo attorno a quell'albero e i suoi nonni e i suoi genitori, ogni anno, quando era periodo di fioritura, attaccavano strisce di carta contenenti lodi e poesie tra i suoi rami.

Divenuto anziano e rimasto solo al mondo, al vecchio samurai era rimasto solo il caro albero di ciliegio come creatura da amare.

Purtroppo, però, un giorno d'estate anche l'albero di ciliegio avvizzì e poi morì. Il vecchio samurai era addolorato oltre ogni dire e invano amici e vicini lo consolarono. Allora per consolarlo e recargli conforto gli regalarono un nuovo albero di ciliegio, giovane e vigoroso e lo piantarono nel giardino, vicino a dove prima c'era l'altro albero.

Il samurai li ringraziò vivamente fingendo di aver ritrovato la felicità. Ma in realtà era ancora triste e sconsolato per la perdita del caro amico.

Pensando e ripensando gli venne in mente una storia che aveva sentito, su come riportare in vita un albero morente. Era il sedicesimo giorno del primo mese dell'anno. Si recò allora in giardino e si inginocchiò davanti all'albero morente. Lo pregò allora di fiorire ancora una volta e che lui, per consentirgli ancora di fiorire, sarebbe morto al posto suo.

Allora il vecchio stese un telo sotto l'albero e mise sopra dei cuscini. Quindi si inginocchiò e fece il famoso rito del seppuku. Il suo spirito entrò all'interno dell'albero e il ciliegio fiorì di nuovo.

Ed è per questo che ogni anno l'albero, il sedicesimo giorno del primo mese, torna a fiorire solo per un giorno.

LA STORIA DI URASHIMA E DELLA TARTARUGA

**Immagine raffigurante Urashima Taro e la tartaruga,
artista Utagawa Kuniyoshi**

Urashima Taro era un pescatore giapponese. La storia narra
che un giorno, uscito in barca per andare a pescare, trovò

sulla spiaggia una tartaruga che era stata malmenata da alcuni ragazzini.

Quando uscì con la sua barca, Urashima incontrò di nuovo la tartaruga a cui aveva prestato soccorso e iniziarono a parlare. La tartaruga in realtà era la figlia del Re del Mare e dopo aver parlato con Urashima, si era trasformata in una bellissima donna.

La donna lo invitò, per ricompensarlo, a visitare il Ryugu-Jo, cioè il palazzo del drago. La tartaruga in realtà era la figlia del Re dei Mari.

Urashima si innamorò della figlia del Re dei Mari e decise di sposarla. Il re diede la sua piena approvazione e vissero per un po' felici nel palazzo sottomarino.

Dopo alcuni anni, però Urashima divenne nostalgico ed espresse il desiderio di poter tornare a casa, per potere rivedere i suoi genitori, per sapere se stessero bene e se non avessero nessun tipo di problema e soprattutto per raccontare loro del suo felice matrimonio e della sua nuova splendida vita.

La sua sposa non era molto entusiasta all'idea di lasciar andare Urashima, ma acconsentì di buon animo quando Urashima promise che sarebbe tornato indietro.

Lei gli donò una scatola da portare con sé e gli fece promettere che non avrebbe mai dovuto aprirla durante tutto il suo viaggio, altrimenti se lui la avesse aperta loro due non si sarebbero mai più potuti rivedere.

La principessa si ritrasformò in tartaruga e lo riaccompagno sulle rive del lago.

Allora Urashima si incamminò verso casa, ma ben presto rimase attonito nel vedere che tutto quello che ricordava di quei luoghi era totalmente cambiato.

Il villaggio dove era nato e cresciuto era diverso e non riusciva più a trovare la casa dei suoi genitori né tantomeno i suoi genitori stessi.

Anche la gente del villaggio sembrava irriconoscibile per Urashima e lui per loro. Chiese a chiunque dove si trovassero i suoi genitori ma nessuno sapeva rispondere a quella domanda. Sconsolato e privo di ogni speranza, Urashima venne avvicinato da un anziano signore. L'anziano signore disse che le persone che Urashima cercava erano morte da secoli e, che il loro unico figlio era morto 400 anni prima, annegato.

Rimasto senza parole, Urashima si rese conto che il tempo nelle profondità marina scorreva ad una velocità completamente diversa rispetto alla terraferma e che, quelli che a lui erano sembrati pochi anni, in realtà erano secoli.

Preso dallo sconforto allora Urashima infranse la promessa fatta alla moglie e aprì la scatola.

Il contenuto della scatola erano in realtà i veri anni di Urashima, che saltarono fuori sotto forma di fumo e cambiarono l'aspetto di Urashima e ben presto fecero smettere di battere il suo cuore.

Gli abitanti del villaggio si recarono lunga la riva del lago e trovarono disteso il corpo di un anziano uomo morto di cui nessuno conosceva l'identità.

PARTE QUINTA: STORIE DI FANTASMI DEL FOLKLORE GIAPPONESE

Il folklore e la mitologia giapponese sono pieni di storie riguardanti spiriti inquieti e fantasmi che popolano le notti e le case degli abitanti dei vari villaggi.

Fra gli spiriti più popolari ci sono: i Dodomeki, le Futakuchi-Onna, gli Hinnagami, le Hone-Onna, i Funayurei, i Rokurokubi.

Di seguito verranno riportate le descrizioni principali di queste categorie di spiriti e le storie più belle.

DODOMEKI

Immagine raffigurante una Dodomeki di Toriyama Sekien

I Dodomeki sono degli Yokai che hanno le sembianze di una donna, dalle lunghe braccia. Queste lunghe braccia sono ricoperte da centinaia di occhi appartenenti a degli uccelli. La loro prima descrizione apparve nel XVIII secolo per opera dello studioso Toriyama Sekien. I dodomeki, secondo la tradizione, sono le donne che avevano il vizio di rubare e che, dopo la loro dipartita, venivano trasformate negli spiriti di cui abbiamo fornito precedentemente la descrizione.

Le braccia lunghe, infatti, secondo la tradizione, dovrebbero essere un'allegoria della tendenza a rubare. Invece gli occhi che appaiono sulle braccia sono una allegoria che fa riferimento al dosen, una moneta bucata che veniva cosciuta anche con il nome di chomuku, che letteralmente viene tradotto come "occhio d'uccello".

LE FUTAKUCHI-ONNA

Immagine raffigurante una Futakuchi Onna, tratta dal Ehon Hyaku Monogatari

Le Futakuchi-Onna, come le dodomeki, sono delle Yokai. Il nome, tradotto letteralmente, si traduce come "donna con due bocche".

La caratteristica fisica di questi spiriti maligni, infatti è proprio questa. La figura che viene descritta nei racconti popolari è quello di una donna, dall'aspetto emaciato, e che presenta, come caratteristica peculiare la presenza di una seconda bocca nascosta tra i capelli. Questa bocca è una normale bocca con labbra, denti e lingua.

La bocca posteriore però, sputacchia e borbotta, e continua a chiedere sempre più cibo, e, se non viene adeguatamente accontenta, inizia ad urlare, ripetendo frasi oscene e provocando dolori lancinanti alla donna che la ospita.

In altri racconti popolari, anche i capelli della Futakuchi prendono vita, diventando simili ai serpenti e portando cibo di continuo all'insaziabile bocca.

Le Futakuchi-Onna, abbiamo detto che sono delle Yōkai. In vita erano delle donne che poi vennero trasformate in spiriti maligni a seguito di una maledizione o di una malattia provocata da cause soprannaturali.

In tutti i racconti che riguardano le Futakuchi, la loro natura malvagia e maligna viene intelligentemente ben nascosta ed è solo quando la verità viene a galla, che la loro vera natura viene svelata.

GLI HINNAGAMI

Gli Hinnagami, la cui traduzione letteraria significa "dio della bambola" o "spirito della bambola", sono potenti spiriti, molto conosciuti soprattutto nel distretto di Toyama.

Sono spiriti che si impossessano delle bambole e soddisfano qualsiasi richiesta dei loro proprietari. Le famiglie che possiedono una Hinnagami diventano ricche e potenti in poco tempo, e molte volte alcuni membri di queste famiglie, si sospetta che siano loro stessi delle Hinnagami.

Il problema più grosso che esiste nel possedere un'Hinnagami e che la loro voglia di soddisfare i desideri e costante e continua. Finito di esaudire una richiesta iniziano subito con un'altra e questo schema si ripete all'infinito. E così gli Hinnagami si attaccano ossessivamente ai loro proprietari e non li lasciano mai in pace.

L'attaccamento è così potente che persino la morte non è in grado di separare un'Hinnagami dal suo padrone. Quando infatti il proprietario di un'Hinnagami muore, questa lo seguirà fino all'inferno e lo perseguiterà per l'eternità.

Si racconta che le Hinnagami vengano fuori dopo che il futuro proprietario ha compiuto dei rituali particolari. Uno di questo prevede che l'interessato debba raccogliere la terra calpestata da altre persone in un cimitero. La terra tombale deve essere raccolta ogni notte per 3 anni. Se vogliono che l'Hinnagami sia più forte e potente si dovrebbe raccogliere la terra tombale in 7 cimiteri diversi di 7 villaggi diversi.

Una volta raccolta la terra, deve essere mischiata con il sangue umano fino a che non si formi una sorta di argilla. Quindi questa argilla viene modellata a forma di bambola dove poi risiederà lo spirito venerato dal creatore.

La bambola poi viene abbandonata in una strada molto trafficata in modo tale da poter venire calpestata da mille persone. A questo punto il creatore va a recuperare la bambola e l'Hinnagami inizia ad essere al suo servizio.

Un secondo metodo per creare un'Hinnagami è quello di raccogliere mille pietre da un cimitero e poi scolpirle tutte a forma di piccole bambole. Queste bambole vengono poi fatte bollire in una pentola capiente e solo una di esse verrà a galla. Quella che salirà a galla sarà l'Hinnagami, molto potente tra l'altro, perché contiene le anime delle altre 999 Hinnagami.

HONE-ONNA

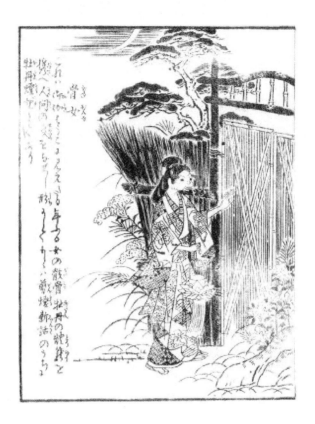

Immagine raffigurante una Hone Onna, di Toriyama Sekien

Le Hone-Onna sono altri spiriti molto popolari nella tradizione folkloristica giapponese. Il termine Hone-Onna, tradotto letteralmente significa "donna scheletro". Spesso le Hone-

Onna vengono raffigurate come donne dall'aspetto spettrale e mostruoso.

Anche le Hone-Onna sono degli Yokai e sono descritte con indole meschina e malvagia, anche se, delle volte possono portare fortuna alle persone con cui vengono a contatto.

Le Hone-Onna colpiscono e uccidono gli uomini che incontrano nel loro cammino o risucchiando la loro forza vitale, oppure stringono loro le mani fino a quando i malcapitati non si trasformano in scheletri.

Le Hone-Onna tornano indietro dal regno dei morti a causa dell'amore che provavano quando erano in vita. Un sentimento talmente forte che le spinge a tornare indietro anche quando ormai non risultano essere altro che un mucchio di ossa.

La Hone-Onna quando torna dal regno dei Morti, torna con le stesse sembianze che aveva quando era ancora in vita, una giovane e bellissima donna.

Solo chi è puro di cuore ed ha una grande devozione al culto religioso è in grado di vedere cosa realmente si nasconde dietro quelle incantevoli fattezze. In realtà, infatti, la donna è cadavere putrido e in decomposizione.

Le Hone-Onna risorgono durante la notte, escono dalla loro tomba e raggiungono la dimora del loro amato, che è ancora in vita.

La visita desta stupore e sgomento, poiché tutti sanno che quella donna era stata data per morta.

Nonostante ciò, la gioia di rivedere la persona amata è così grande che non si bada molto all'accaduto. E la Hone-Onna stessa non ricorda nemmeno di essere morta e di essere tornata in altra forma, talmente è accecante il sentimento che l'ha riportata indietro. Questi incontri vanno avanti per mesi e avvengono sempre di notte e finiscono sempre all'alba.

Durante queste notti di incontri, la Hone-Onna in realtà succhia l'energia vitale dell'uomo amato poco alla volta, fino a quando l'uomo non avrà più forze e spirerà tra le braccia dello spirito.

Le leggende narrano che alcune volte, i servitori, incuriositi dalla stranezza di quegli incontri fortuiti, scoprono le vere fattezze della donna. Così avvertono i loro padroni, che, svegliatisi dall'incantesimo cominciano a provare repulsione per la donna.

I FUNAYUREI

Immagine riguardante dei Funayurei che affondano un'imbarcazione, tratta dal Ehon Hyaku Monogatari

I Funayurei, che tradotto letteralmente significa "spirito della nave" o "spirito della barca", sono degli Onryo, ovvero spiriti che sono in grado di tornare dal regno dei morti per vendicarsi. In modo particolare, i Funayurei sono gli spiriti vendicativi di persone che sono morte in mare.

Si narra che questi spiriti siano colpevoli di riempire le imbarcazioni con secchiate di acqua per poterle affondare. Il loro scopo è quello di cercare nuove vittime in modo tale da avere altri compagni con cui condividere il loro triste stato.

Nel distretto di Hata si sostiene che i Funayurei provochino direttamente i naufragi dell'imbarcazione, tramite rotture e malfunzionamenti alla stessa imbarcazione.

Nel distretto di Toyama invece, si ritiene che l'equipaggio fantasma si impossessi degli abitanti delle imbarcazioni, costringendoli ad uccidersi impiccandosi.

Le illustrazioni che ci sono pervenute mostrano che esistono vari metodi per scacciarli. Un metodo è quello di lanciare in mare un Onigiri, oppure di mettere un secchio senza il fondo sull'imbarcazione.

Nella prefettura di Myiagi, si dice che per combattere e scacciare un Funayurei è necessario guardarlo fisso e questo si allontanerà volontariamente. Consigliano anche di agitare bene le acque con un bastone.

A Kozu-Shima consigliano di gettare cibo o oggetti in mare come fiori, incenso e riso. Nella prefettura di Kochi si consiglia di gettare in mare cenere e 49 torte di riso. Inoltre, sempre a

Kochi si narra che è possibile guidare un Funayurei pronunciando la frase "io sono Dozaemon" e affermando poi di essere uno di loro.

Le loro caratteristiche fisiche cambiano in base ai racconti. Alcuni racconti, infatti, li descrivono come due figure dall'aspetto umano che fluttuano sul mare. Altri racconti parlano di un intero equipaggio a bordo di una nave fantasma. Si dice che siano facilmente riconoscibili poiché sono accompagnati spesso da una specie di luce spirituale. La loro presenza non viene avvistata solo in mare aperto ma si dice che infestino anche laghi, fiumi e torrenti.

Solitamente appaiono di notte in modo particolare quando il cielo è ricoperto di nubi o quando cala la nebbia. Capita anche, che possano apparire di giorno, quando le giornate sono burrascose, piovose e tempestose.

Se di notte appare improvvisamente una nave che brilla di luce propria allora si sta avvicinando una nave piena di Funayurei. E se si incontra una di queste navi fantasma non c'è via di scampo, poiché se la si insegue si finisce inevitabilmente sugli scogli e se invece si viene inseguiti ben presto si verrà abbordati dall'equipaggio fantasma.

I ROKUROKUBI

Immagine raffigurante una Rokurokubi di Toriyama Sekien

I Rokurokubi sono degli spiriti anche essi appartenenti alla famiglia degli Yokai.

Sono dei personaggi tipici del folklore giapponese e vengono descritte come comuni donne, che di giorno appunto hanno l'aspetto di una donna normale, ma che di notte hanno il potere di allungare il loro collo in maniera spaventosa.

Durante il giorno, come dicevamo, sono comuni donne che conducono una vita normale e che molto spesso sposano uomini normali.

A causa della loro natura dispettosa, però non riescono a lungo a sopportare questa vita normale. Quindi cadono ben presto alla tentazione di terrorizzare e spiare gli uomini.

Per tutelare però la loro natura umana, le Rokurokubi rivelano la loro vera natura solo a persone con poca credibilità, come ubriaconi o ciechi.

Altri racconti narrano che le Rokurokubi non siano effettivamente consapevoli della loro natura. Il fenomeno dell'allungamento del collo in questi casi è totalmente inconsapevole, e la Rokurokubi pensa di aver sognato il fenomeno dell'allungamento del collo o di aver osservato la camera da letto da angolazioni che sono umanamente impossibili da raggiungere.

In alcuni racconti di monaci buddisti, si narra che le Rokurokubi siano in realtà gli spiriti reincarnati di persone che in vita non avevano rispettato i precetti religiosi. Questo tipo di

Rokurokubi sono più malvagi, e le tradizioni affermano che spesso questi esseri mangiano o succhiano il sangue delle loro vittime e che, le loro vittime preferite siano di solito le persone che non rispettano gli insegnamenti religiosi.

Generalmente una persona viene trasformata in una Rokurokubi dopo aver commesso un crimine terribile quando era in vita. Altre volte la Rokurokubi non è la persona che ha commesso il crimine, ma la vittima del crimine.

Di seguito vi verranno narrate alcune delle storie di fantasmi più conosciute del folklore giapponese.

LA STORIA DELL'UOMO AVARO

La storia dell'uomo avaro è la storia di un uomo che incontra una Futakuchi-Onna.

Si narra che, in un villaggio viveva una donna molto nota e famosa per il fatto che non mangiasse mai. Un uomo molto avaro allora venne a sapere di questa donna e decise di chiederla in moglie.

Si sposarono e nonostante la donna non mangiasse mai, l'uomo di accorse che sparivano intere scorte di riso.

Decise allora di spiare la moglie per capire come mai le loro scorte si stavano esaurendo. Il povero uomo ben presto scoprì che i capelli della moglie si animavano e si aprivano lasciando scoperta una seconda bocca nella parte posteriore della testa della moglie. I capelli, inoltre, prelevavano il cibo e lo portavano alla seconda bocca della moglie.

Il demone, accortosi allora di essere spiato, prese l'uomo e lo rinchiuse in una botte e lo portò sulle montagne. L'uomo in qualche maniera riuscì a fuggire e la Futakuchi non riuscì mai più a trovarlo.

La leggenda narra che la donna fu trasformata in una Futakuchi a causa del suo desiderio inappagabile di cibo che però sopprimeva e nascondeva alle persone che la circondavano o quando si trovava in occasioni pubbliche.

LA STORIA DELLA MATRIGNA CATTIVA

La storia della matrigna cattiva è un altro racconto popolare basato sulla figura della Futakuchi-Onna.

La storia narra la vicenda di una donna e del suo figliastro. La leggenda narra che una donna avesse sposato un vedovo. Questo uomo aveva con sé il figlio avuto dalla prima moglie.

La donna odiava a tal punto il figliastro, che decise di sfamare solo i propri figli e non il povero figliastro. Come era facile prevedere, il povero ragazzo morì di fame.

Un po' di tempo dopo la morte del ragazzo, la perfida matrigna ingaggiò un falegname per tagliare la legna.

Accidentalmente il taglialegna, mentre tagliava un tronco, ruppe la su ascia e colpì la donna proprio alla nuca.

Lo spirito del figliastro, allora, entrò attraverso la ferita, impedendo a quest'ultima di rimarginarsi.

Piano piano la ferita si trasformò in una bocca. La bocca chiedeva instancabilmente cibo e ripeteva incessantemente alla donna di chiedere perdono per il male che aveva fatto al povero figliastro.

LA STORIA DI FUJIWARA-NO-IDESATO

Una leggenda famosa narra dell'incontro del Kokushi (ufficiale giapponese incaricato dal governo centrale di controllare le provincie) della provincia di Shimotshuke, Fujiwara-No-Hidesato con una dodomeki.

Mentre Hidesato stava partecipando ad una battuta di caccia, fu avvicinato da un uomo anziano che lo informava della presenza di un demone nel vicino cimitero.

Hidesato decise allora di recarsi nel luogo indicato dall'anziano signore e aspettare con calma il tramonto, sperando di incontrare lo spirito.

Al tramonto gli si presentò dinnanzi agli occhi una dodomeki. Hidesato allora prese il suo arco e scagliò una freccia e colpì uno degli occhi più luminosi della dodomeki.

La dodomeki ferita fuggi verso il monte Myojin. Hidesato si diede all'inseguimento della dodomeki sperando di poterle infliggere il colpo di grazia. Ma questa, per difendersi inizio a scagliare contro Hidesato fiamme e gas velenosi, facendo così desistere il povero Hidesato.

Quando il mattino seguente Hidesato tornò sul luogo dello scontro, per vedere se ci fosse traccia dello spirito, trovò solo i segni di un incendio e nessuna traccia dello spirito.

LA STORIA DEL MONACO CHITOKU

La storia del monaco Chitoku è la storia di un coraggioso monaco che incontra una dodomeki in un tempio.

Durante il periodo Muromachi, un giovane monaco di nome Chitoku fu chiamato alla corte dell'imperatore per investigare e scoprire chi fosse il responsabile di numerosi incendi avvenuti sul monte Myojin.

Un giorno, durante uno dei suoi sermoni, notò che davanti la porta di ingresso del tempio, c'era una donna, con il velo sul volto, che stava fissa e immobile ad osservarlo.

Chitoku allora cercò di capire chi fosse quella donna, e indagando a lungo e a fondo scoprì che quella donna altri non era che una dodomeki, morta 400 anni prima e che era tornata nel luogo dove era stata uccisa per riassumere tutte le proprie energie.

La dodomeki fece di tutto per allontanare il monaco da quel luogo, appiccando nel corso della sua permanenza numerosi incendi.

Ma Chitoku rimase inamovibile, continuando imperterrito nelle sue preghiere e nei suoi sermoni.

La cosa impressionò a tal punto lo spirito, che Chitoku riuscì a scacciarla da quei luoghi e a farle anche promettere di non commettere mai più azioni malvagie.

LA STORIA DELLA LANTERNA DELLE PEONIE

Immagine raffigurante Otsuyu che porta con sé la lanterna delle peonie

La storia della lanterna delle peonie, meglio conosciuta con il nome di Kaidan Botandoro, è una storia molto conosciuta nella tradizione popolare giapponese ed è, in pratica la storia di una Hone-Onna.

La storia parla della vicenda accaduta alla figlia del samurai Heizaemon. Il samurai aveva avuto dall'amata moglie una figlia, a cui diede il nome di Otsuyu.

La vita perfetta del samurai viene ben presto offuscata dalla perdita dell'adorata moglie. Il samurai allora, per consolarsi prese come amante l'ambigua cameriera Okuni. Questa convinse con l'astuzia a far allontanare Otsuyu dal padre, che la cacciò via assieme alla nutrice. Le due furono esiliate nell'isola di Yanagijima.

Un giorno, un conoscente di famiglia, il dottore Shijo andò a far visita alle due donne e portò con sé un giovane conosciuto con il nome di Hangiwara Shinzaburo. Il giovane era di bell'aspetto, proprio come Otsuyu, e i due finirono per innamorarsi perdutamente.

Giunto il giorno della partenza di Shinzaburo, Otsuyu gli disse che se non fosse più tornato a trovarla lei sarebbe morta dal dolore.

I giorni passano e, a causa di una serie di eventi sfortunati che impediscono al giovane di tornare dalla sua amata, la promessa fattagli in precedenza non viene mantenuta.

Un giorno Shinzaburo viene a sapere, con immenso dolore, che la sua amata e la sua nutrice sono morte.

Passato un po' di tempo, una notte Shinzaburo vide passare due donne, le cui figure gli ricordavano molto la figura della sua amata e della nutrice di lei. Una delle due donne teneva in mano una lanterna decorata con fiori di peonia.

Improvvisamente le donne si voltarono verso lui e Shinzaburo vide in maniera chiara e nitida che le due donne erano Otsuyu e la sua serva. Iniziarono a parlare e le donne dissero che loro non erano morte, ma che erano voci messe in circolazione dall'amico del padre, sotto ordine del padre stesso, per allontanare il giovane dalla figlia. D'altro canto, anche Otsuyu aveva appreso la notizia della morte di Shinzaburo, sempre per bocca del dottor Shijo.

La passione fra i due giovani amanti si riaccese immediatamente e ogni notte Otsuyu, accompagnata sempre dalla sua fedelissima serva, andavano a trovare il giovane samurai, per poi lasciarlo all'alba.

Tomozo, uno dei servitori del giovane samurai, preoccupato delle insolite visite notturne che riceveva costantemente il padrone, decise di capire cosa stesse accadendo. Una notte, quindi, si avvicinò alla camera del padrone e sbirciò da una fessura. Quello che vide era raccapricciante. Invece che due belle donne nella stanza con il suo padrone c'erano due esseri mostruosi, due esseri scheletrici e con delle ragnatele al posto dei capelli.

Giunto il giorno, Tomozo, chiese consiglio ad un vecchio saggio che abitava nelle vicinanze. Il saggio consiglio a Tomozo di rivolgersi ad un monaco buddista. Tomozo allora si recò di fretta al tempio e il monaco gli diede tutte le istruzioni necessarie per proteggere il suo padrone dalla maledizione. Doveva proteggere tutte le entrate della casa con gli Ofuda, cioè strisce di carta recanti scritte sacre, e ripetere ogni notte un Sutra. Gli diede inoltre un talismano che il suo padrone doveva portare al collo sempre.

Tomozo alla fine riuscì a convincere il suo padrone del pericolo che stava correndo, convincendolo altresì a proteggere la casa con gli Ofuda e ad indossare anche il talismano.

La notte successiva le due donne si presentarono alla casa di Shinzaburo, ma non potevano accedere a causa delle protezioni. Così supplicarono il giovane samurai di toglierle per potersi incontrare ma Shinzaburo rimase fermo nella sua posizione e loro furono costrette ad allontanarsi. Ma non mollarono la presa. Allora si rivolsero all'autore della protezione della casa, il servo Tomozo. Il servo, passato un primo momento di sgomento e terrore, ben presto si lasciò convincere e barattò la vita del padrone con del denaro.

Allora Tomozo tolse quel tanto che bastava delle protezioni per far sì che le due donne entrassero tranquillamente nella casa. Così le due donne entrarono per l'ultima volta nella casa del giovane samurai.

Il mattino seguente Tomozo si recò nella casa del padrone. Il padrone non rispose e allora lui, con l'aiuto della moglie forzarono l'entrata ed entrarono in casa. La casa era buia e si respirava un'atmosfera spettrale. Il servo cercò ovunque il suo padrone ma non riusciva a trovarlo.

Alla fine, entrò nella camera da letto del padrone e spostò il velo che lo copriva. Quello che vide fu raccapricciante. Il suo padrone giaceva morto sul letto e dietro di lui, con le mani scheletriche avvolte attorno al collo, giacevano le ossa di Otsuyu.

LA STORIA DI OKIKU

**Immagine raffigurante Okiku tratta dal Ehon Hyaku
Monogatari**

La storia di Okiku è conosciuta anche come la storia di
Bancho Sarayashiki o Bancho Sarayashi, che tradotto
letteralmente significa "la casa dei piatti a Bancho".

Okiku era una serva che lavorava al servizio del samurai
Tessan Aoyama. Il samurai aveva preso Okiku in particolare

simpatia. Dopo un po' di tempo a suo servizio, la simpatia del samurai si trasformò in altro. Si innamorò di Okiku così perdutamente, che le aveva promesso di lasciare la moglie se lei lo avesse ricambiato.

La ragazza non ricambiava le attenzioni del samurai e soprattutto non condivideva il suo piano. Il rifiuto però le costò la vita, spenta per mano del brutale samurai.

Il compito principale di Okiku era quello di prendersi cura e controllare sempre 10 piatti d'oro che appartenevano a Aoyama. Per vendicarsi del rifiuto, il perfido samurai decise allora di farne sparire uno.

La ragazza iniziò ossessivamente a contare i piatti ma nonostante li contasse in continuazione i piatti erano sempre nove. Allora il samurai minacciò Okiku, dicendole che se non avesse accettato il suo amore, lui l'avrebbe incolpata del furto del piatto. La pena per aver rubato era prima la tortura e poi la morte.

Decisa imperterrita di rifiutare la corte di Aoyama, e questi preso dall'ira, la gettò in un pozzo.

Okiku però torno dal regno dei morti per vendicarsi dell'assassino che le aveva ingiustamente tolto la vita.

Si narra infatti che Okiku usciva dal pozzo ogni giorno e andava a perseguitare il perfido samurai. Si racconta che ogni notte Okiku teneva sveglio il samurai urlando incessantemente, al punto che Aoyama, per la mancanza di sonno, uscì fuori di senno.

Inoltre, veniva sentita ogni notte contare i piatti d'oro all'interno delle prigioni e regolarmente, si sentiva urlarla di rabbia quando si rendeva conto che mancava sempre un piatto.

Si narra infine che qualcuno, una notte, gridò dieci, e fu così che lo spirito fu esorcizzato e la povera Okiku riuscì finalmente a riposare in pace.

LA STORIA DI HOICHI, IL SENZA ORECCHIE

Statua raffigurante Hoichi che suona la sua biwa, situata nel tempio di Akama

La storia di Miminashi Hoichi è sicuramente una delle leggende più note delle storie giapponesi. La fama di questa figura leggendaria è talmente conosciuta che nel santuario Shintoista di Akama, che è sede della tomba del clan Taira, è posta una statua dello stesso Hoichi.

La leggenda narra che Hoichi, un cieco esperto del biwa hoshi (cantastorie abile nell'uso di uno strumento a corde conosciuto con il nome di biwa), vivesse ad Akamagaseki, ospite del prete di Amidaji, suo caro e vecchio amico.

Durante una notte d'estate, il prete amico di Hoichi, si dovette allontanare con un fedele per andare a celebrare un rito funebre nella casa di un altro fedele che era da poco defunto. Hoichi quindi rimase solo e a causa del forte caldo, si spostò sulla veranda, posta sul giardino che si trovava di fronte al tempio. Decise quindi di far trascorrere il tempo nell'attesa del ritorno dell'amico, esercitandosi con la biwa.

Verso la mezzanotte, Hoichi sentì dei passi provenire dal cancello che si trovava sul retro del tempio. Il rumore di passi proseguì per tutto il giardino fino a quando non cessò proprio di fronte ad Hoichi.

Allora una voce chiamo Hoichi per nome e lui rispose di non riuscire a riconoscere da chi proveniva la voce, perché lui era cieco e non riusciva a vederlo. Allora la voce si presentò, affermando di essere un samurai, e che era andato lì per portare un invito proprio al cantastorie, affinché tenesse una rappresentazione per un alto funzionario.

Lui era appunto lì per accompagnarlo nel luogo designato per la presentazione. Hoichi non se la sentì di rifiutare l'invito. Si mise i sandali e prese la sua biwa e partì assieme al samurai. Il samurai fece da guida a Hoichi, tenendolo per mano lungo

215

tutto il tragitto e Hoichi, sentendo con il tatto che l'uomo indossava i parametri tipici dei samurai, si sentì rassicurato.

Improvvisamente si fermarono davanti a quello che a Hoichi sembrava un grande cancello. Il samurai allora, intimò che gli venisse aperto. Nonostante Hoichi non ricordasse che in città vi fossero palazzi con cancelli di quelle dimensioni, appena sentì il rumore tipico delle assi che si spostano per aprire il cancello, si rincuorò ed entrò.

Attraversarono un giardino e improvvisamente Hoichi udì il suono e il rumore di gente che correva per accoglierlo, il rumore di porte che scorrevano e di domestiche che discutevano fra loro, e dedusse, quindi, di essere giunto nella dimora di un nobile. Allora Hoichi venne condotto da una domestica lungo una grande scalinata, e giunto all'ultimo gradino gli venne chiesto di togliersi i sandali.

Venne poi condotto, sempre accompagnato dalla domestica, lungo una serie di corridoi, fino a che non giunsero all'ingresso di una grande sala. Hoichi fu condotto al centro della sala, e dal rumore delle vesti che si muovevano e dal vociare che sentiva in sottofondo, pensò fosse gremita di persone.

Allora fu detto ad Hoichi di accomodarsi su un cuscino che era posto al centro della sala. Hoichi si accomodò ed iniziò ad accordare la sua biwa. Quando ebbe finito i preparativi, una donna, che lui pensò fosse una rojo, cioè la governante che è a capo delle domestiche, gli riferì che era desiderio del suo padrone ascoltare la narrazione dell'Heike Monogatari, e in particolare della battaglia di Dan-No-Ura.

Allora Hoichi iniziò a suonare la sua biwa, riproducendo attraverso lo strumento il rumore delle onde, gli scontri delle navi, il sibillio delle frecce, lo stridere del metallo quando si incrociavano le spade e il tonfo dei caduti che venivano inghiottiti dai flutti delle acque. Fu talmente bravo che dalla sala si levò un mormorio di elogi nei confronti della rappresentazione, cosa che spronò Hoichi a fare ancora meglio.

Quando la narrazione giunse al punto in cui si parlava e si descriveva la morte della famiglia imperiale, dal pubblico si levò un grido di sofferenza, seguito da lacrime, singhiozzi e lamenti sempre più chiassosi e violenti. Il cantastorie, sentendo tutto quel trambusto fu spaventato e dispiaciuto dal dolore che la sua storia aveva causato.

Pian piano, il rumore e i lamenti iniziarono a cessare, fino a quando nella sala non calò il silenzio totale. La rojo riferì allora a Hoichi che il suo padrone, come del resto l'intero pubblico presente nella sala, fosse rimasto profondamente colpito dall'interpretazione del cantastorie.

Inoltre, gli chiese se fosse possibile ripetere nuovamente nelle sei notti seguenti la stessa rappresentazione con la stessa bravura, e che alla fine sarebbe stato lautamente ricompensato. La rojo, aggiunse inoltre, che data la segretezza con cui il suo nobile padrone risiedeva a Akamagaseki, Hoichi non avrebbe dovuto rivelare a nessuno quello che avrebbe dovuto fare nelle sei notti seguenti.

Dopo aver ringraziato tutti, Hoichi venne riaccompagnato dallo stesso samurai che lo aveva prelevato, fino alla veranda di fronte al tempio.

Nonostante fosse l'alba quando Hoichi tornò al tempio, la sua assenza passò del tutto inosservata.

Dopo essersi riposato durante tutto il giorno Hoichi aspettò la notte per essere di nuovo portato al palazzo dal samurai. Portato di nuovo dinnanzi al nobile pubblico che lo stava aspettando, il cantastorie ripeté la stessa interpretazione della notte precedente con lo stesso successo.

Tornò indietro accompagnato dal samurai al tempio. Ma questa volta la sua assenza fu notata dall'amico. Il prete il mattino seguente convocò Hoichi e gli fece delle domande su cosa avesse fatto la notte prima.

Ma Hoichi non diede nessuna spiegazione. Il prete, preoccupato per l'amico, si accordò con dei servitori affinché lo sorvegliassero e se fosse di nuovo uscito nel cuore della notte, lo avrebbero dovuto seguire per capire dove andasse e cosa facesse.

Quella stessa notte, appena i servitori videro uscire Hoichi, si misero di tutta fretta a seguirlo. Ma il loro inseguimento durò poco, poiché persero ben presto il cantastorie, nonostante la cecità di Hoichi e le strade impervie.

Allora i servitori pensarono di visitare tutte le case in cui il cantastorie era solito tenere le sue rappresentazioni, ma in nessuna di queste Hoichi si era visto o esibito.

Sconfortati dal fatto di non aver trovato Hoichi, i servitori stavano per tornare indietro quando improvvisamente sentirono il suono di una biwa. Il suono proveniva dal cimitero di Amidaji.

I servitori entrarono nel cimitero e trovarono Hoichi, solo e in mezzo alla pioggia, mentre cantava il racconto della battaglia di Dan-No-Ura, di fronte alla tomba dell'imperatore Antoku Tenno, ottantunesimo imperatore del Giappone, che morì durante la battaglia di Dan-No-Ura, all'età di soli 5 anni.

Inoltre, mentre si guardavano attorno, videro la presenza di molti Oni-bi, cioè demoni fiamma, essenze simili ai fuochi fatui. Tutti gli Oni-bi erano disposti a cerchio attorno al cantastorie. Avendo intuito cosa stesse realmente succedendo, i servitori urlarono contro Hoichi di riprendersi, poiché era vittima di un sortilegio. Ma Hoichi era talmente intento a suonare e a cantare che non presto loro nessuna attenzione.

Allora i servitori lo afferrarono e gli urlarono di alzarsi e andare via. Allora Hoichi, indispettito, rispose che non voleva essere disturbato mentre si esibiva, soprattutto di fronte ad un pubblico così nobile. I servitori allora, lo misero in piedi e lo trascinarono via di forza. Giunti al tempio lo spogliarono delle vesti che ormai erano zuppe d'acqua facendogli indossare delle vesti asciutte.

Chiamato dal suo amico prete, che era seriamente preoccupato dallo strano comportamento di Hoichi, venne interrogato a lungo proprio in relazione a questo strano comportamento.

Per quanto Hoichi si sforzasse di mantenere il segreto, vedendo che l'amico era seriamente preoccupato per lui, allora il cantastorie si decise a raccontare tutto.

Intuendo il pericolo e la gravità della situazione il prete disse ad Hoichi che gli spettri degli Heike lo stavano ingannando e alla fine lo avrebbero distrutto. In più gli disse che lui la sera non sarebbe potuto rimanere al tempio e che quindi non avrebbe potuto vegliare su di lui. Però, per proteggerlo avrebbe trascritto sul corpo di Hoichi il sutra Hannya Shingyo in modo da non poter essere attaccato dagli spettri.

Così il prete e i servitori coprirono dalla testa ai piedi il corpo di Hoichi con il sutra. A lavoro terminato, il prete disse ad Hoichi che la sera sarebbe dovuto tornare alla veranda dove aveva incontrato il samurai, si sarebbe dovuto sedere senza muoversi, senza rispondere al richiamo degli spettri e senza chiedere aiuto a nessuno, altrimenti la protezione si sarebbe spezzata e gli spettri che lo perseguitavano lo avrebbe ucciso di sicuro.

Hoichi allora fece come disse l'amico.

Si sedette in veranda e quando il samurai arrivò e lo chiamò lui non rispose. Il samurai lo chiamò più volte e non avendo ricevuto nessuna risposta, il samurai entrò in giardino e andò verso la veranda. Qui vide solo la biwa di Hoichi e un paio di orecchie umane.

Le orecchie erano l'unico punto che non era stato ricoperto con il sutra e il samurai, riconoscendole come le orecchie di Hoichi, gliele strappò, affermando che al suo padrone avrebbe fatto comunque piacere riceverle come dono.

Nonostante il dolore atroce che stava provando, Hoichi seguì i consigli dell'amico prete e trattene le grida di dolore, salvandosi così da morte certa. Terribilmente mutilato, il cantastorie rimase comunque in silenzio il ritorno dell'amico prete. Tornato al tempio, il prete si affrettò ad andare nella veranda.

Ma mentre correva scivolò, su quello che in realtà il sangue grondante dalle orecchie di Hoichi. Giunto velocemente dall'amico, si rese conto che a questo erano state strappate le orecchie e chiese di perdonarlo per il grave errore che aveva commesso.

Quando udì la voce dell'amico, Hoichi scoppiò in lacrime e gli raccontò tutto ciò che era accaduto durante la notte.

Il prete cercò di far forza al suo amico, promettendogli che da quella notte in poi, non avrebbe più dovuto temere la visita di demoni o spettri. Grazie alle cure di un bravo dottore Hoichi si riprese presto dalle ferite riportate.

Nel frattempo, la storia della disavventura di Hoichi si diffuse, facendo acquistare fama e notorietà al cantastorie.

Grazie a questa notorietà, molti nobili famiglie andarono a Akamagaseki per sentirlo cantare e suonare, donandogli così, oltre alla fama, una discreta ricchezza.

LA STORIA DI O-TEI

Nella città di Nigata, che si trova nella provincia di Echizen, viveva un uomo conosciuto con il nome di Nagao Chosei.

Nagao era figlio di un medico e giunto all'età adulta decise di intraprendere la stessa professione del padre.

Da bambino, Nagao fu promesso in sposo dal padre alla figlia di un suo amico. La promessa sposa era conosciuta con il nome di O-Tei. Le due famiglie decisero che i due ragazzi si sarebbero dovuti sposare non appena Nagao avesse terminato gli studi. Nonostante tutti i progetti per il futuro, ben presto tutti si accorsero della salute cagionevole di O-Tei. Infatti, la ragazza morì all'età di 15 anni di tubercolosi. Consapevole del fatto che stava per morire, O-Tei fece chiamare il suo promesso sposo Nagao, per poter dirgli addio.

Quando lui si inginocchiò per darle l'ultimo saluto, O-Tei gli disse che era dispiaciuta di doverlo lasciare, ma visto che la sua salute non sarebbe mai stata buona, era meglio così. Gli disse di non essere triste perché si sarebbero di sicuro incontrati di nuovo.

Allora Nagao rispose a O-Tei che si sarebbero sicuramente incontrati di nuovo nel regno dell'aldilà.

O-Tei ribatté dicendo che non si sarebbero incontrati nella vita ultraterrena ma nel mondo reale.

Nagao rimase stupito dall'affermazione di O-Tei e lei, scorgendo il suo stupore, gli disse che sarebbe successo, sempre se Nagao lo avesse voluto, solo quando sarebbe nata una nuova bambina. La bambina sarebbe dovuta crescere e diventare adulta. Avrebbe dovuto aspettare altri 15-16 anni, ma essendo Nagao ancora giovane, O-Tei gli disse che avrebbe benissimo potuto pazientare.

Nagao allora rispose che avrebbe aspettato con gioia il ritorno della sua amata. L'unico dubbio che affliggeva Nagao era quello se fosse in grado o no di riconoscerla in un altro corpo, con un altro nome e se ipoteticamente, lei stessa avesse mai potuto aiutarlo a riconoscerla.

Lei gli rispose che non poteva farlo, che solo gli dèi potevano decidere dove e quando si sarebbero rincontrati, ma di restare comunque fiducioso. Terminato di dire queste parole, i suoi occhi si chiusero per sempre.

Nagao nutriva un profondo affetto per O-Tei e la sua morte lo sconvolse e addolorò profondamente. Scrisse una tavoletta funebre con il nome di O-Tei, la mise nel suo butsudan e collocava sotto delle offerte ogni giorno.

Inoltre, non riusciva a togliersi dalla testa le parole dette da O-Tei prima di morire, così fece una promessa solenne, cioè che se la sua amata fosse mai tornata indietro lui l'avrebbe sposata. Sigillò la promessa e la mise nel butsudan accanto alla tavoletta funebre.

Nonostante ciò, essendo Nagao figlio unico e unico erede della famiglia, era necessario che trovasse una moglie. Ben presto quindi fu obbligato a cedere e ad accettare una sposa che era stata scelta dal padre.

Nonostante si fosse sposato, Nagao non riusciva a dimenticare O-Tei e ogni giorno collocava sempre le offerte sotto la tavoletta funebre.

Pian piano però, il ricordo della sua amata O-Tei iniziava a sbiadirsi.

Gli anni passavano, e durante questo lasso di tempo Nagao fu vittima di molti lutti. Morirono prima i suoi genitori, poi la moglie e infine il suo unico figlio.

Rimasto solo al mondo, vendette la sua casa e decise di intraprendere un lungo viaggio, sperando di dimenticare tutte le sue disgrazie.

Durante il viaggio decise di visitare un villaggio di montagna, conosciuto con il nome di Ikao, celebre per le sorgenti termali e per lo splendido paesaggio.

Nella locanda dove prese alloggio c'era una ragazza ad aspettarlo e appena Nagao la vide ebbe un sussulto. Quella ragazza era così simile a O-Tei che Nagao si diede un pizzicotto, convinto che stesse sognando.

Mentre la osservava compiere le sue mansioni, Nagao rivedeva lo sguardo, i gesti e i movimenti della sua amata O-Tei.

Allora si decise a parlare con lei e appena sentì la sua voce ebbe un altro sussulto, perché quella voce gli riportava alla memoria ricordi di bei tempi che ormai erano passati.

Allora Nagao, disse alla ragazza dove fosse nata, poiché era identica ad una ragazza che aveva già conosciuto in passato.

Allora la ragazza prontamente rispose di chiamarsi O-Tei e che lui era Nagao il suo promesso sposo. Gli disse che lei era morta 17 anni prima e che lui aveva promesso, sigillando la promessa con il suo sigillo, che l'avrebbe sposata se lei fosse tornata. Ed era per questo motivo che lei era tornata indietro. Dopo aver pronunciato queste parole la ragazza perse i sensi.

Nagao e la ragazza, che era la reincarnazione di O-Tei, si sposarono. Il matrimonio fu felice, ma la ragazza non ricordò mai quello che aveva confessato a Nagao a Ikao, né quello che aveva vissuto durante la vita precedente. L'unico ricordo si era acceso nel momento in cui aveva rincontrato Nagao, ma non tornò mai più.

Printed in Great Britain
by Amazon

35527747R00126